———— 날마다,
기타

날마다, ___ 기타

딩가딩가 기타 치며
인생을 건너는 법

___ 김철연

싱긋

프롤로그

2022년 현재 레슨도 없고, 공연도 없다. 코로나 탓에 프리랜서라기보다는 백수에 가까워졌다. 잠에서 깨면 빨래를 돌려놓고 기타를 연습한다. 빨래가 다 되었다는 소리가 나면 기타를 놓고 빨래를 넌다. 혹은 밥을 올려놓고 기타를 연습하기도 한다. 밥이 다 되었다는 소리가 나면 기타를 놓고 밥을 먹는다.

요즘은 연습 시간이 따로 정해져 있지 않다. 무언가를 하는 사이사이에 기타를 연습한다. 더이상 나의 하루를 온전히 음악에 사용할 수 없다. 예전에는 '연습만이 살길'이었는데 지금은 기타 연습을 열심히 하면 할수록 힘들어지고 하루하루 가난해진다.

오랜만에 내게 전화한 같이 밴드를 하던 친구도 대리운전과 배달을 하며 음악 생활을 이어가고 있다고 한다. 어떻게 지내냐는 친구의 말에 집 청소하고, 와이프 출퇴근시킨다고 이야기했다. 우리는 음반이나 새로 만든 노래 이야기보다 요즈음 하고 있는 아르바이트와 배달 오토바이 연비에 대한 이야기만 하다가 전화를 끊었다.

오늘도 달린다(코로나 시대 정신적·육체적 노화를 조금이나마 늦추기 위해 달리기를 하고 있다). 달리다보면 이런저런 생각이 든다. 다음달 관리비, 다음달 카드 값, '뮬'이라는 중고 악기 거래 사이트에 매물로 올려놓을 꾹꾹이 이펙터, 뭐라도 해야 할 것 같아 고민중인 아르바이트…… 어느 순간 만화에서처럼 내 머리 위로 말풍선들이 달린다.

웬만한 것들은 달리다보면 땀과 함께 사라지고 생각이 정리된다. 하지만 아무리 달리고 땀을 흘려도 사라지지 않는 고민들은 다시 머릿속으로 들어온다. '음악가'. 음악가라는 직업도 그중 하나다. '왜 우리들은 음악을 한다고 해서 이런 압박과 미련을 벗어나지 못하는 것일까?' 누군가 속시원히 답해주었으면 좋겠다는 생각을 했다.

운동을 마치고 돌아오는 길에 집 앞 벤치에 앉아 숨을 고른다. 눈을 감고, 숨을 깊게 들이마시고 내쉬기를 반복한다. 오늘처럼 하늘에 달이 보이는 날이면 평소보다 조금 더 오래 앉아 있는다. 멍하니 달을 보고 있으면 이상하게 군대 생각이 난다. 그리고 그때 나를 비추던 홍천의 밝은 달빛과 의무대에 비치되어 있던 싸구려 기타 소리도 떠오른다.

달빛 아래 감상에 빠진 날이면 집에 도착하자마자 바로 기타를 든다. 땀에 젖은 채 기타 치기를 좋아하는 건 내가 봐도 약간 변태 같다. 그렇게 기타를 연주하며 노래를 부르다보면 30분, 40분이 금방 지나간다. 예전의 난 뭐 그렇게 사랑하는 게 많았으며, 또 왜 그렇게 지키고 싶은 것도 많았는지…… 이 노래 저 노래를 부르다보면 웃음이 나기도 하고, 어떤 땐 갑자기 눈물도 난다.

눈물이 날 때는 습관적으로 눈물을 멈추려고 숨을 들이마신다. 아무도 없는데도 난 눈물을 참으려고 노력한다. 이유는 정확히 모르겠다. 아마도 꿈 많았던 그때, 그 미련들이 갑자기 나를 무너뜨려버리기 전에 멈추려는 게 아닐까 싶다. 밤새워 꿈에 대해 고민하던 나와 내 노래들이 나를 완전히 감싸기 전에 기타를 내려놓고 샤워를 한다.

아내가 회사일을 마치고 돌아오는 시간을 기다리며

자동차 뒷좌석에 앉아 다시 기타를 친다. 혼자 놀기엔 정말 기타만한 게 없다. 요즈음처럼 사람들끼리 만나기가 어려운 시기에 기타라는 악기를 그나마 잘 다룰 수 있다는 것에 감사한다.

음악을 내 삶의 전부에서 일부로 만드는 건 정말 쉽지 않았다. 좋아할수록 힘들어지고 같이할수록 가난해지는데도 음악을 놓지 못하는 내가 싫었지만 놓을 수가 없었다. 그만큼 음악은 내게 매력적이었다. 지금도 음악만큼 아름다운 건 세상에 존재할 수 없다고 생각한다.

하지만 이제 음악은 내 삶의 전부가 아니다. 음악으로 돈을 벌어야 한다는 생각에서 벗어난 순간 삶이 편안해졌다. 이제는 기타의 테크닉을 보여주지 않아도 되고, 유행하는 노래를 급하게 카피하지 않아도 된다.

오늘도 어릴 적 개미를 볼 때처럼 여유롭게 10년째 키우고 있는 거북이들 '한산도'와 '희망이'의 행동을 관찰하며 시간을 보낸다. 그리고 기타를 친다. 운동을 마치고 고개를 들어 하늘을 보며, 차갑고 따뜻한 바람 냄새를 느끼며 숨을 쉰다. 가끔씩 부모님께 안부 인사도 제대로 한다. 예전에는 음악과 기타가 삶에서 항상 먼저였지만 지금은 일과 중 남는 시간에 한다.

너무 열심히 기타를 연습하지 않아도 되고, 너무 열심히 노래를 연습하지 않아도 되고, 뭐든지 열심히 하는 나를 만들지 않아도 된다. 기타는 이 정도만, 노래도 이 정도만 그냥 나의 삶에 있기만 해도 된다. 날마다 조금씩 기타를 친다.

차례 _____ 🎸

> **"**
> # 기타 선생님이 되었다
> **"**

2009년 2월 서울예술대학교 실용음악과를 졸업했다. 서울예대에 합격했을 땐 당장이라도 유명한 가수가 될 것 같았지만, 막상 졸업을 앞두고 보니 뭘 해야 할지 알 수 없었다. 앞으로 내가 음악을 계속할 수 있을까 막막했다.

막막한 마음에 무작정 홍대에 방을 얻었다. 가진 돈은 많지 않았지만, 아니 거의 없었지만 졸업과 동시에 백수가 될 수는 없었다. 난 경기도 성남에 살고 있었는데, 클럽 공연과 버스킹을 더 자주 하려면 홍대에 살아야 한다고 부모님을 설득했다. 그렇게 부모님께 보증금 300만 원을 지원받아 삼거리포차 근처에 월 35만 원짜리 옥탑방을 구했다.

처음 몇 달은 모아두었던 돈으로 생활하고 그다음부터는 클럽 공연과 버스킹으로 돈을 벌어 월세를 낼 생각이었다. 하지만 클럽 공연과 버스킹을 해서 돈을 벌겠다는 생각은 세상 순진한, 아직 물정을 너무 모르는 어린 뮤지션의 엄청난 착각이었다. 매일 아침 점심에 식당 아르바이트를 해야 하는 것이 현실이었다. 난 설거지와 서빙을 하며 돈을 벌었지만 어떤 땐 월세가 부족해 부모님께 도움을 받아야 했다.

공연을 보러 온 친구들이나 학교 선배에게 얼굴에 철판을 깔고 밥과 술을 얻어먹기도 했다. 그렇게 월세 내는 날 겨우 35만 원을 맞추며 간당간당하게 몇 달을 지냈다. 계속 이렇게 지낼 순 없었다. 다음달 월세를 내고 나면 통장엔 기타 줄 살 돈도 없었다. 그래서 나도 결국 친구들처럼 실용음악학원에서 레슨을 하기로 결정했다. 어릴 적부터 선생님은 아무나 해서는 안 된다고 생각했기에 음악을 가르치기로 한 건 나에게 어려운 결정이었다. 서울예대를 나온 덕분에 생각보다 쉽게 홍대와 이대 실용음악학원에 강사로 채용됐다. 기타 레슨을 시작하면서 내 이름 뒤에는 항상 '쌤', '선생님'이라는 단어가 붙었다. 학생들에게 '김철연 선생님'이라는 말을 들으면, 뭔가 모를 책임감이 느껴졌다.

처음 몇 달 동안은 레슨 시간보다 레슨을 준비하는

시간이 더 길었다. 예전에 내가 배웠던 교재들을 정리하고 레슨생들에게 맞춰 커리큘럼을 짰다. 음식점 아르바이트를 하며 기타 레슨까지 병행하니 그때부터는 그나마 안정적으로 월세를 낼 수 있었다. 하지만 공연을 너무 하고 싶었던 내게는 레슨을 많이 할수록 공연을 못하고, 공연을 많이 할수록 레슨을 못해 월세를 내기가 빠듯해지는 딜레마도 시작되었다.

음악을 하며 내가 노력한 만큼 돈을 벌 수 있는 방법은 기타 레슨밖에 없었다. 이런 현실이 슬펐지만 한편으론 레슨으로라도 돈을 벌 수 있어 다행이라 생각했다. 기타 레슨을 할 때는 책임감 있는 선생님으로, 무대에서 공연을 할 때는 자유로운 영혼의 뮤지션으로, 선생님과 뮤지션의 on, off 스위치를 껐다 켰다 했다. 내 공연 때문에 레슨을 미룰 때는 학생들에게 미안했지만, 클럽에서 나를 위해 잡아준 공연을 하지 못하면 다음달 공연도 잘 잡히지 않기 때문에 공연을 취소할 수 없었다. 학생도 자신의 사정으로 레슨을 미루고, 나도 공연으로 레슨을 미루고, 그렇게 번갈아 레슨을 미루다 겨우 한 달에 한 번 레슨을 한 적도 있었다. 어느 순간 나는 책임감 있는 선생님도 아니고, 자유로운 영혼의 뮤지션도 아닌 그 중간

쯤 어딘가에 자리한 사람이 되어 있었다. '난 누군가 또 여긴 어딘가~ 저멀리서 누가 날 부르고 있어~' 듀스의 〈우리는〉이라는 곡의 멜로디와 가사가 자주 내 머리를 때렸다.

레슨을 하다보니 레슨 시간이나 하루에 해야 하는 레슨의 횟수가 문제가 되기도 했다. 화요일 오후 7시에 한 명, 수요일 9시에 한 명, 목요일 5시, 9시 각각 한 명, 이렇게 레슨생이 하루에 한 명뿐이거나 레슨과 레슨 사이에 시간이 애매하게 빌 때는 공연을 잡을 수도 없고 집에 갈 수도 없어 난감했다. 또 〈슈퍼스타K〉로 어쿠스틱 기타가 붐이었을 땐 오후 3, 4시부터 대여섯 시간 연속으로 레슨을 해야 했는데 8, 9시쯤 되면 입에서 단내가 났다. 레슨을 끝마치고 집에 돌아오면 곡을 만들 힘은커녕 밥 먹을 힘도 없었다. 그때 그 경험 때문에 정한 레슨 규칙이 '하루에 5명 이상은 레슨하지 않는다'였다. 창문도 없는 좁은 연습실을 배정받은 날이면 산소가 너무 부족했다. 내가 살던 옥탑방에도 창문이 없었고, 학원 레슨실에도 창문이 없는 경우가 있어서 레슨을 할 때나 집에 돌아와 잠을 잘 때 순간순간 가슴이 너무 답답했었다.

그래도 레슨은 무조건 많을수록 좋았다. 월급을 받

은 날이면 수고했다며 나 자신에게 선물을 주었다. 악기점에서 내가 원래 쓰던 줄보다 비싼 마틴 줄도 사고, 평소 써보고 싶었던 튜너나 예쁜 피크들도 샀다. 그리고 홍대 놀이터 앞 '향미' 식당에서 제육볶음을 먹었다. 제육볶음으로 배를 채우고 홍대 놀이터에 앉아 1000원짜리 달콤한 와플을 먹으면 힘들었던 어제의 피로감도 풀렸다.

와플을 사 먹을까 말까 고민하며 왔다갔다했던 어제의 나를 비웃듯이 아이스크림 와플을 하나 더 사 먹기도 했다. 그리고 홍대 놀이터에 앉아 비닐봉지 속에 든 마틴 줄 한 세트를 꺼내 '자신 있게' 기타 줄을 갈았다. 기타 줄을 하나만 샀을 때는 '자신 있게' 갈지 못했다. 1번 줄이나 2번 줄이 끊어질까봐 조심조심 갈았다. 기타 줄을 교체하면서 비닐봉지 속에 하나 더 남아 있는 마틴 줄을 보며 흐뭇하게 미소를 지었다. 삼각김밥을 먹고 관객도 없는 공연을 하는 것보다 걱정 없이 제육볶음과 와플을 사 먹는 이 부르주아의 삶이 훨씬 더 나은 것 같다는 생각을 하며, 그렇게 나른한 오후를 보냈다.

페이가 없는 공연은 하지 않겠다고 다짐한 후부터 클럽 공연을 거의 하지 않고 레슨에만 집중했다. 레슨이 재밌어지면서 레슨을 나가는 학원 수도 늘렸다. 공연보다는 레슨에 집중해서 돈을 모아 김철연 2집을 내자는 계획도 세웠다.

내가 레슨을 하던 실용음악학원들은 원장님의 스타일에 따라 규칙이 조금씩 달랐는데, 시스템을 갖춘 곳도 있었고 주먹구구인 곳도 있었다. A 학원은 레슨 당일에 수강생이 수업을 미루거나 오지 않으면 결석 처리가 되었고, B 학원은 레슨 당일에 수강생이 오지 않더라도 30분 보강을 해주어야 했다. 그래서 그런지 몰라도 B 학원에서는 A 학원에 비해 학생을 기다리다 자주 바람을 맞았다. 레슨 준비를 하고 나의 시간을 써가며 기다렸으니 결석으로 처리해야 한다고 주장하며 학원 총무님과 언쟁을 벌이기도 했다. 하지만 "절이 싫으면 중이 떠나야죠"라는 말을 듣고 보강을 해줬다.

어떤 게 좋다고 말할 수는 없겠지만 A 학원의 레슨생들이 B 학원의 레슨생들보다 출석률이 좋았다. 선생인 나 또한 B 학원에 비해 A 학원에서 레슨을 할 때 집중력이 높았다. 개인 레슨을 할 때 당일 취소는 무조건 결석이라는 규칙은 A 학원의 좋은 사례들 덕분에 만든 것이다. 하지만 당일 취소라도 몸이 아파서 못 온 경우에는 결석이 아닌 것으로 인정해주었다. 학원과의 이해관계가 없기에 그렇게 하기로 했다. 몇몇 친구들은 그러면 아프다고 하면 그만 아니냐고 했다. 하지만 재밌게도 학생들 스스로가 아픈 게 아닌데 레슨에 오지 못하면 먼저 결석으로 처리해달라고 말했다.

C 학원은 레슨생의 수강료는 올리면서 내 레슨비는 올려주지 않았다. 심지어 수강료가 올랐다는 말을 학생에게 들었다. 결국 그 학원은 그만두었다. D 학원에서는 몇 번씩 전화를 해서 레슨비가 안 들어왔다고 재촉해야 겨우 받을 수 있었다. 레슨비를 지급받기로 한 날이면 통장을 확인하고, 다음날도 확인해본 뒤 안 들어와 있으면 전화를 걸었다. 학원에서는 레슨생이 아직 수강료를 내지 않아서 선생님들께 레슨비를 지급하지 못하고 있다고 했다.

여담을 하나 하자면, 어느 날 학교 후배에게 오랜만에 전화가 왔는데, D 학원에서 레슨을 하고 돈을 받았는지, 받았으면 어떻게 받았는지 물어서 계속 전화해야 돈을 받을 수 있다고 말해준 적도 있었다. 페이 이야기를 해야 하는 건 당연하지만, 성격 때문인지 몰라도 레슨비를 달라며 계속 전화를 하는 게 싫었다. 그래서 결국 그 학원도 그만두었다. 그런 경험들이 쌓여, 지금은 개인 레슨생을 만나면 첫 레슨 전에 확실하게 레슨비 이야기를 하고 그다음부터는 오직 레슨에만 집중한다. 개인 레슨을 할 때는 선불로 한 달(4회 혹은 8회) 레슨비를 받고, 꼭 마지막(네번째 혹은 여덟번째) 레슨 다음날 레슨비를 받는다. 레슨비가 들어오면 다음달 레슨을 준비한다.

레슨을 할 때 "선생님은 잘 기다려줘서 좋아요" "선생님한테 설명을 들으면 이해가 잘돼요"라는 말을 학생들에게 종종 듣는다. 나도 잘하지 못했던 적이 있어서 이해한다며 실력이 늘지 않는다고 너무 스트레스받지 말고 천천히 해보자고 말할 땐 내가 봐도 진짜 선생님 같았다. 하지만 오랫동안 실력이 늘지 않아 답답해하는 학생들을 볼 때면 나도 너무 답답했다.

학생들이 어려워하는 것들을 넘어가거나 이해할 때까지 계속 기다려주다보니 어느 순간 레슨의 방향을 잃어버릴 때도 있었다. 학생이 길을 잃어버렸을 때 나도 같이 길을 잃지 않을 방법이 없을까 고민하다가 기타를 취미로 배우려는 사람들만을 위한 교재를 만들어보기로 했다.

레슨생들과 나와 친한 주변의 음악 선생님들을 인터뷰하며, 취미로 기타를 배우는 학생들에게 알맞게 교재를 고치고 고치며 디자인 싱킹 작업을 했다. 그렇게 몇 달 동안 밤을 새워가며 두 권의 프로토타입 교재를 만들었다. 직접 만든 교재로 학생들에게 레슨을 해보니, 몇 군데 빼고는 뭔가 술술 풀리는 느낌이 들었다. 막히는 부분들은 레슨이 끝난 후 교재를 수정해가며 완성도를 높였다.

내가 만든 교재로 레슨을 하니 학생들이 어디쯤 와 있는지, 무엇을 어려워하는지 한눈에 파악할 수 있었다. 학생이 어려워할 때도 나는 길을 잃지 않고 한 챕터 한 챕터 끌고 갈 수 있었다. 레슨생을 위해서 교재를 만들었지만, 레슨을 할 때 내가 만든 교재로 가르치면 내가 더 신이 났다.

기타 레슨을 하면 할수록 나랑 선생님이라는 직업이 잘 맞는다는 생각이 들었다. 대학교수도 아니고 임용고시를 패스한 학교 선생님도 아닌, 학원에서 기타를 가르치는 알바 선생이지만 진짜 좋은 선생님이 되고 싶었다.

더 좋은 레슨을 하고 싶었다. 그래서 레슨을 해서 모은 돈으로 유명한 기타리스트들에게 레슨을 받기 시작했다. 레슨생을 한 달 동안 가르쳐서 번 돈이 한두 번의 레슨으로 다 나갔지만 좋은 선생님이 되기 위한 투자라고 생각했다. 기타 레슨을 받으며 음악뿐만이 아니라 레슨 방식과 학생을 대하는 선생님의 태도도 배울 수 있었다.

A 선생님은 연주는 너무 잘했지만 기타는 중구난방으로 가르쳐주셨다. 진도가 어디까지 나갔는지 매주 헷갈려 하셨고, 레슨 시간도 자주 바꾸셨다. 레슨 시간에 맞춰 도착했는데 30분 넘게 기다리기도 했다. 나도 레슨을 할 때 불가피하게 레슨 시간을 바꾸고 학생들을 기다리게 했던 적이 있기에 이해도 됐지만, 학생으로서 받아들이는 느낌은 또 달랐다. A 선생님은 음악 지식이 아주 많았다. 함께 외국 뮤지션의 공연 영상을 보며 의견을 나눴고 기타의 기술보다 기타가 쓰일 수 있는 장르와 음악에 대한 폭넓은 이야기를 자주 해주셨다. 레슨 방식이 나랑 썩 잘 맞지는 않았지만 내 식견을 넓혀주셨던 정말 좋은 선생님으로 기억한다.

B 선생님은 커리큘럼대로 레슨을 진행하셨다. 레슨 준비 또한 철저히 하셨다. 연습도 아침에 일어나 일하는 비즈니스맨처럼 해야 한다고 항상 강조하셨다. 선생님은 타이머로 50분의 시간을 맞춰두고 레슨을 하셨다. 그 50분 동안 집중력이 엄청났던 기억이 있다. 선생님은 낮

에는 레슨을 하고 밤에는 재즈 클럽에서 공연을 하셨는데, 어떤 땐 메트로놈을 켜고 나에게 연습을 시키고는 밤에 연주해야 할 곡들의 차트를 꺼내 잠깐잠깐씩 연주하셨다. 나도 예전에 레슨 때 학생에게 메트로놈에 맞춰 연습을 하라고 해놓고 다른 곡을 연주했던 적이 있는데, 배우는 입장에서 보니 정신이 없어지고 집중력이 흐트러졌다. 레슨이 끝나고 돌아오는 길, 핸드폰에 '레슨과 상관없는 곡은 되도록 연주하지 않기'라고 적었다.

C 선생님은 예전에 같이 공연을 했던, 친형 같은 분이셨다. 같이 밥도 먹고 커피도 마시며 각자의 음악 이야기도 했다. 기념일엔 서로 선물도 주고받았다. 동생처럼 편하게 대해주셨지만 레슨 시간 동안만큼은 흐트러지지 않고 확실하게 가르쳐주셨다. 커리큘럼도 명확했고, 가르치는 동안 다른 연주를 거의 하시지 않았다. 유일하게 실용음악과를 나오지 않은 선생님이셔서 그런지 음악을 대하는 태도가 이전에 레슨을 받았던 선생님들과는 달랐다. 집에서 왕복 세 시간 거리였지만 꽤 오랫동안 배웠다. 나중에는 통장에 잔액이 없어 레슨을 받을 때마다 한 번씩 레슨비를 냈다. 선생님도 나처럼 돈 이야기 하는 걸 싫어하셨기에 레슨이 끝나면 하드케이스 위에 봉투를

놓고 왔다.

　이 외에도 여러 선생님에게 기타와 기타를 가르치는 태도를 배워왔다. 나처럼 이해가 빠르지 않은 사람을 기다려주며 이해시키기 위해 자신의 열정을 쏟는 선생님도 있었고, 자신이 생각하기엔 어렵지 않은 걸 왜 어려워하는지, 왜 못하는지, 머리를 흔들며 의아해하는 선생님도 있었다. 분명 기타를 너무나 잘 치는 뮤지션이지만 잘 가르치지는 못하는 선생님도 있었다.

　알바로 시작한 레슨이었지만, 레슨을 하면 할수록 내가 기타를 잘 가르치려는 이유와 좋은 선생님이 되려는 이유가 확실해졌다. 바쁜 일상 속에서 시간과 용기를 내어 기타를 배우러 온 학생들에게 기타를 배우기로 한 그 결심이 틀리지 않았다는 걸 보여주고 싶었다.

당연하지 않을 수 있다

어릴 적 나는 한글이 어려웠다. 친구들은 쉽게 쓰고 읽는 한글이 내겐 왜 그렇게 어려웠는지 모르겠다. 눈과 책을 최대한 가까이 해서 겨우겨우 읽어냈다. 참고로 그때 내 시력은 좌 1.5, 우 1.5였다. 짝꿍 앞에서 글을 잘 읽지 못하는 모습을 보이고는 부끄러워 멍하니 있었다. 국어 수업이 시작되면 "오늘 며칠이지?"라는 선생님의 질문에 내 학급 번호와 같은 날짜인지 확인하고 아니면 안도의 한숨을 내쉬곤 했다.

초등학교 3학년 때 한글 과외를 받았다. 과외 선생님은 내가 멍청해서 아무것도 모른다고 생각했다. 그래서인지 수업 시간에 문제를 내주고는 남자친구와 놀다 들어와서 글자를 조금 봐주고 수업을 끝냈다. 미안했던 것인지 아니면 내가 집에 가서 안 좋은 말을 할까봐 걱정돼

서 그랬는지 아파트 상가 슈퍼에서 아이스크림을 사줬다. 근데 역시나 선생님의 판단이 맞았다. 난 아무것도 몰랐고, 맛있는 아이스크림을 사주는 선생님이 고마웠다. 수업은 어땠냐는 엄마의 물음에 정말 좋은 선생님 같다고 답했다. 하지만 실력은 늘지 않았다.

학년이 올라갈수록 한글을 정확히 모른다는 게 창피했다. 선생님이 나를 혼자 놔두고 데이트를 하러 나가던 그 문제의 과외를 그만두고, 4학년 때 다시 집 앞 학원에서 한글 수업을 들었다. 어머니는 학원 원장님께 "무조건 한글만 깨치게 해주세요!" 하고 부탁드렸다. 나보다 어린 아이 세 명을 포함해서 네 명이 같이 수업을 들었다. 그중 똑똑한 여자아이는 어떻게 4학년이 한글을 모를 수 있냐며 나를 놀렸다. 그런데 신기하게도 우리는 나름 친하게 지냈다.

여자아이는 날 놀리면서도 이런저런 예를 들며 우리가 배웠던 것을 자세하게 다시 설명해줬다. 입 모양을 보여주며 열성을 다해서 자음 동화를 가르쳐주었던 그 친구의 도움 덕분인지 5학년 때 드디어 한글을 겨우겨우 깨쳤다. 한글을 깨치고 나니, 내 번호와 같은 날짜에도 더이상 두렵지 않았다. 내 번호가 불리면 예전처럼 눈을 책에 가까이 두긴 했지만 예전보다 빠르고 수월하게 읽어 내려갔다. '이렇게 쉬운 걸 왜 그토록 어려워했지?' 이런 생각도 했지만 많은 사람 앞에서 글을 읽어야 하는 경우, 지금도 가끔 떨린다.

아이들에게 기타를 가르치면서 한글을 어려워했던 어린 시절의 내 모습을 떠올린 적이 있다. 내게 기타를 배우던 한 아이는 다른 아이들에 비해 이해도가 많이 낮았고, 세번째, 네번째 레슨 때는 진도를 아예 따라오지 못했다. 하지만 아이는 모르면서도 고개를 끄떡였다. 다른 친구들을 따라 고개를 끄떡였지만 옆 친구들은 다 아는 걸 자신만 모른다고 생각하는 듯 주눅이 들었다. 주변 아이들이 즐거워하며 나에게 질문하는 모습까지도 부러워하는 게 느껴졌다. 그 아이의 모든 행동이 어릴 적 내 모습과 닮아 있었다. 어릴 적 나처럼 선생님이나 다른 친구들에게 자신이 모른다는 걸 들킬까봐 두려워하는 것 같았다. 아이가 어떻게든 이런 상황을 벗어나려고 하는 것이 내 눈에는 훤히 보였다.

나는 아이를 최대한 기다려주며, 따라오지 못하는 부분이 생기면 어떻게든 해결해주려고 했다. 하지만 레슨은 여러 아이들의 진도에 맞춰 약속된 커리큘럼대로 해야 했기 때문에 그 아이만 계속 기다려줄 수는 없었다.

어쩔 수 없이 그 아이를 뒤로한 채 수업을 이어나갔다. 중간중간 아이가 수업을 어려워하는 모습이 보였는데, 수업을 따라가지 못하는 나는 안중에도 없이 진도만 나가려 했던 선생님의 얼굴이 떠올랐다. 나도 저 아이에게 어릴 적 내가 미워했던 선생님들처럼 기억되겠구나 싶었다.

그후로도 몇 번 단체 레슨 때 기타를 많이 어려워하는 학생들을 만났고, 그때마다 난 고민에 빠졌다. 하지만 개인 레슨이 아닌 단체 레슨에서는 레슨이 끝나고 조금 더 챙겨주는 것 말고는 그런 학생들을 도와줄 방법을 찾지 못했다.

한번은 구세주 같은 학생을 만났다. A 학생은 주어진 시간에 자신이 먼저 습득한 것을 진도를 잘 따라오지 못하는 B 학생에게 다시 한번 가르쳐주었다. A 학생은 B 학생에게 구세주였지만 나에게도 구세주였다. A 학생이 B 학생에게 기타를 가르쳐주는 동안 나는 또다른 학생들에게 가서 연주하는 자세를 교정해주었다. B 학생을 가르쳐주는 A 학생에게 시간을 벌어주는 동시에 다른 학생들의 시선을 분산시키기 위해서였다. 어릴 적 선생님이 수업에 뒤처진 나에게만 집중해서 뭔가를 가르쳐주실 때, 다른 친구들의 시선이 의식되어 선생님의 말씀이 잘 들리지 않았다. B 학생도 다른 학생들이 자신을 기다린다는 부담감 없이 A 학생에게 설명을 듣고 배우면 더 쉽게 이해하고 습득할 수 있을 거라 생각했다.

B 학생은 A 학생 덕분에 다른 학생들과 진도를 맞출 수 있었다. 나중에는 다른 학생들과 함께 질문도 했고, 레슨의 마지막 주에 하는 공연까지도 무사히 마쳤다.

처음으로 무언가를 배우는 초보 시절에는 이렇게 옆에서 응원해주는 친구 한 명이 선생님보다 더 중요할 때가 있다. 공연을 무사히 마치고, 자신을 도와준 A 학생과 함께 웃고 있는 B 학생을 보니 내가 더 기뻤다. 어릴 적 내 절실함이나 B 학생의 절실함은 선생님이 아닌 옆에 있던 친구가 더 잘 알아주었다. 지금은 4학년 때 내 한글 공부를 도와줬던 여자아이의 얼굴도 이름도 기억나지 않지만, 고마웠던 마음은 아직도 내 가슴 한편에 남아 있다.

어른들은 더 모른다

초등학교 5학년, 처음으로 치고받는 싸움을 했다. 친구들과 선생님이 말릴 때까지 둘 다 코피가 나지 않았기에 내가 몇 대 더 맞았지만 서로 비긴 걸로 했다. 싸운 이유는 정확히 기억나지 않지만 우리는 싸우고 난 후 제일 친한 사이가 되었다. 나와 싸웠던 친구는 춤을 좋아했고, 나도 어울리다보니 자연스럽게 같이 춤을 추게 됐다.

학교 수업이 끝나면 매일 그 친구네 집에 가서 녹화해놓은 댄스 가수들의 비디오를 틀어놓고 춤을 췄다. 그러다 얼떨결에 그 친구와 함께 우리 반 대표로 수학여행 장기 자랑까지 나가게 됐다. 장기 자랑에서는 내 예상보다 더 큰 환호와 박수를 받았다. 열두 반의 장기 자랑이 모두 끝나고, 우리 반이 가장 잘했다는 이야기가 들려왔다.

신기하게도 수학여행에서 춤을 춘 이후 학교에서 나를 대하는 태도가 완전히 달라졌다. 예전엔 멍청하다며 날 투명인간 취급하던 몇몇 아이들도 화장실이나 복도에서 우연히 마주칠 때면 먼저 인사를 했다. 항상 날 무시하던 부반장 녀석도 내가 그렇게 춤을 잘 추는지 몰랐다며, 6학년 때 같은 반이 되면 좋겠다고, 만약 같은 반이 되면 같이 장기 자랑에 나가자고 부탁(?)했다.

　　심지어 선생님께서도 수업 중간에 내 이름을 부르며 칭찬해주셨다. "철연이 춤 멋있지 않았어?" 하고 물으시며 반 친구들의 박수를 유도하기도 했다. 친구들의 박수를 받으며 아무렇지 않은 척 앉아 있었지만 사실 그때 온몸에 전율을 느꼈다. 글을 잘 못 읽거나, 선생님의 질문에 답하지 못하거나 할 때 받던 친구들의 시선에만 익숙했던 내가 그런 관심을 받은 건 그때가 처음이었다. 그때의 느낌을 어떻게 설명해야 할지 모르겠지만, 가슴이 마구 뜨거워졌다. 나에게도 드디어 친구들보다 잘하는 게 생겼다는 것이 너무너무 기뻤다. 난 그렇게 춤과 만났다.

　　어디에서든 춤을 추면 모두 날 인정해주었다. 누군가에게 인정을 받는 일은 나를 너무 행복하게 만들어주었다. 중학생이 되면서 '멋진 댄서'가 되겠다는 꿈도 생겼다. 전에는 아침에 눈을 뜨면 다시 눈을 감고 더 자고 싶었는데, 꿈이라는 게 생기니 눈을 뜨면 바로 일어나게 됐다. 스트레칭을 하고, 어제 외웠던 춤을 다시 추며 안무를 익혔다.

하루종일 춤을 췄다. 심지어 잠을 자면서도 춤추는 꿈을 꿨다. 한번은 학교에서 책상에 엎드려 자다가 '베이비(상체를 옆으로 돌리며 두 팔로 땅을 짚고 동시에 하체를 공중에 띄워 한 바퀴 도는 브레이킹 기술)'를 도는 꿈을 꿨는데, 갑자기 옆으로 두 손을 내밀어 옆에 앉아 있던 여자애를 깜짝 놀라게 하기도 했다. 놀란 여자아이에게 사과하며 베이비 도는 꿈을 꿨다고 했다. 베이비의 동작을 설명하고 또 보여주며 그 친구를 안정시켰다.

체육 시간이면 철봉 옆 작은 모래밭에서 '백핸드(뒤로 손을 짚고 한 바퀴 도는 기술)'를 연습했다. 친구들이 농구를 할 때면 한쪽 구석에서 '나인틴나인티스(오른발이 있던 자리에 왼손을 짚고 다리를 올려 물구나무를 선 후 바닥을 짚은 오른손 손목을 틀면서 원심력으로 회전하는 브레이킹 기술)'와 '토마스(오른손을 두 발 사이 앞에 놓고 오른발을 왼발 쪽으로 차면서 동시에 왼발을 올려 V자 형으로 공중에서 돌리는 브레이킹 기술)'를 연습했다. 춤 연습을 하고 있으면 친구들이 둥글게 모여 구경을 하기도 했는데, 그때마다 이상하게 잘 안 되던 기술은 잘되고, 잘되던 기술은 잘 안 됐다.

쉬는 시간에는 교실 뒤에서 '문워크(마이클 잭슨이 춘 것으로 유명한, 앞으로 가는 듯 보이지만 실제로는 뒤로 가는 댄스 동작)'를 연습했는데, 몇몇 친구들은 복도로 나가 내 문워크를 우스꽝스럽게 따라 했다. 점심시간에는 복도 끝 넓은 공간에서 다른 반 친구들과 같이 춤을 연습했다. 급식실에서 가져온 빨간 양파 자루로 '원 핸드(엎드린 상태에서 오른쪽 팔꿈치를 배 오른쪽에 대고 두 다리를 들어 몸을 띄우며 동시에 왼손으로 땅을 밀어 회전하는 브레이킹 기술)'를 연습하는 나와, '헤드스핀(머리를 땅에 대고 물구나무를 서서 머리와 두 손이 삼각형 모양이 되게 만들고, 다리와 허리로 원심력을 사용해서 도는 브레이킹 기술)'을 연습하느라 머리를 바닥에 박고 물구나무를 선 친구, '윈드밀(엎드린 상태에서 오른쪽 팔꿈치를 배 오른쪽에 대고 오른발을 왼발 쪽으로 차면서 다리를 V자로 벌린 상태로 계속 도는 브레이킹 기술)'을 돈다며 복도 바닥에 누워 있는 친구, 말도 안 되는 문워크를 밟으며 5반부터 9반까지의 복도를 누비던 친구 들의 모습은 마치 만화의 한 장면 같았다. 기안84의 '댄스왕'이 있었다면 아마도 그런 장면들이지 않았을까 싶다.

수업 시간 선생님이 뒤돌아 칠판에 글을 적으실 때는, 책상에 두 손을 포개어 올려두고 웨이브를 연습했다. 학교 수업이 거의 끝나갈 때쯤이면 빨리 춤 연습을 하고 싶어 종소리를 기다리며 발을 동동거렸다. 하교를 하면 지하철역이나 교회 등에서 춤 연습을 이어갔다. 그렇게 매일 춤추다보니 자연스럽게 '춤' 하면 내 이름이 들렸고, 어느새 나는 동네에서 춤을 제일 잘 추는 아이가 되어 있었다.

어느 날 다른 지역의 친구에게 '쇼다운(누가 더 춤을 잘 추는지 대결하는 것)'을 붙자는 전화가 왔다. 우리집 전화번호를 어떻게 알았냐고 물으니 그 친구는 다짜고짜 "니가 춤을 제일 잘 춘다며? 쇼다운 붙자"라고 동문서답을 했다. 알았다며 날짜를 정하고 우리는 쇼다운을 붙었다. 우리 동네였던 태릉입구역, 공릉역부터 건대입구, 어린이대공원, 압구정, 아현, 신촌까지…… 나와 같이 춤을 추던 친구들 중에는 그렇게 여러 곳에서 쇼다운을 붙고 친해진 아이들이 많았다.

중학교 때는 청소년수련관 대회와 노원구에서 개최

하는 동네 댄스 대회에서 상을 받았다. 그러다 고등학교 때는 전국 댄스 대회에서까지 우승을 했다. 전국 댄스 대회에서 우승을 하고 학교에 가니 학교 상담 선생님께서 나를 불렀다. 내 예상과는 다르게 상담 선생님은 춤으로는 사회에 나가 돈을 벌기 어렵다며, 좋아하는 건 나중에 하고 지금은 공부에 집중하는 게 좋지 않겠냐는 조언을 해주셨다.

좋아하지도 싫어하지도 않았던 선생님이었지만 잘했다는 말을 들을 줄 알았는데, 전국 댄스 대회 우승을 하고 와서 이런 말을 들으니 영 기분이 좋지 않았다. 진로 상담 때문인지 교실에 돌아온 난 "넌 좋아하는 거하면서 놀 수 있어서 좋겠다"라는 친구들의 말에도 짜증이 났다. 즐겁게 춤을 추는 건 맞지만 놀지는 않았는데…… 매일 연습하고 또 연습했는데…… "너희들이 밤새워 공부할 때, 나도 밤새워 안무 짜고 차가운 팔각정 바닥에 몸을 부딪혀가며 노력했어"라고 말하고 싶었다.

전국 대회 우승을 한 후, 또다른 전국 대회에서도 대상을 탔다. 하지만 학교에는 알리지 않았다. 열심히 노력해 대회에서 좋은 성적을 거둔 후에도 춤은 대학에 가서 추고 우선은 공부하라는 선생님의 말씀이나 춤추는 나를 부러워하는 친구들의 시선이나 모두 다 불편했다.

고등학교를 졸업할 무렵부터 동대문 백화점 앞 무대에서 댄스 공연을 했다. 공연료는 열정페이였고, 간혹가다 식권을 받았다. 팀 멤버들은 공연이 있는 날이면 매번 각자의 돈으로 차비와 음료수, 간식 등을 해결했다.

대기실이 없어 공연 전에는 항상 화장실에서 무대 의상으로 갈아입고 구석에서 기다렸다. 어느 날은 팀원 중 두 명이 구석에서 기다리는 게 싫었는지 여기저기 옷 구경을 하며 두리번거리다가 공연 시간을 놓쳐버렸다. 그 두 친구를 찾다가 결국 남은 멤버들끼리 공연을 하기로 했을 때쯤 두 친구가 나타나 식은땀을 닦았다.

공연을 하던 백화점 가설무대는 너무 열악해서 어떤 곳은 춤을 추면 흔들리기도 했다. 또 어떤 곳은 울퉁불퉁하고 뾰족하기도 해서 혹여나 다칠까 춤을 추면서도 계속 신경써야 했다. 행사 관계자에게 공연장 바닥이 비보잉을 하기엔 힘들다며 개선해달라고 요청도 해봤지만 어쩔 수 없다는 입장과 알아서 조심해야 한다는 답변만 돌아왔다.

이런 대우가 마음에 들지 않았던 팀원들은 내게 불만을 이야기하기도 했다. 공연이 끝나고 집에 오는 길이면 리더로서 팀원들에게 미안한 마음이 들었지만 다른 백화점 공연이나 상금이 있는 대회를 몇 개 더 잡는 것 말고는 내가 할 수 있는 일이 없었다.

이런 현실을 마주할 때면, 상담 선생님의 말씀이 자꾸 떠올랐다. 선생님 말씀처럼 춤추며 돈을 번다는 건 정말 쉬운 일이 아니겠구나 싶었다. 돈을 벌지 못할 뿐만 아니라 열악한 백화점 행사 무대 말고는 춤을 출 수 있는, 제대로 공연할 수 있는 곳도 마땅히 없다는 것이 댄서를 꿈꾸는 우리를 더욱 힘들게 했다.

난 춤 연습보단 돈이 될 만한 공연을 잡는 데 더 집중해야 했고, 항상 공연을 하다가 친구들이 다치지 않을까 싶어 무대를 확인하는 일에 진을 빼야 했다. 어느 순간 뒤돌아보니 난 내가 좋아하는 춤과도, 또 같이 춤을 추는 친구들과도 동떨어져 있는 것만 같았다. 난 더이상 공연도 대회도 잡지 않았다.

결국 팀의 주축이던 친구들이 백댄서를 하겠다며 하나둘 빠지면서 댄스팀도 흐지부지 해체하게 되었다. 그렇게 영원할 것만 같았던 같이 춤추던 친구들이 떠나고, '멋진 댄서'라는 꿈에서 나도 한 발짝씩 멀어져갔다. 내게 같이 백댄서를 하자고 했던 친구와 함께 춤을 추고 싶기도 했지만, 난 백댄서가 되고 싶지는 않았다.

2021년 '스우파(《스트릿 우먼 파이터》)'로 춤추는 사람들이 이슈가 되었다. 소파에서 홀리뱅의 춤을 보고 있으면 기타를 품에 꼭 안고 화면에 집중하는 나를 발견한다. 리헤이와 항상 같은 곳을 보고 춤을 추었지 서로 바라보면서 춤을 춘 건 처음이라는 허니제이의 말에 어릴적 사이가 틀어진 같이 춤추던 옛친구도 생각났다.

며칠 전 호주에 살고 있다며 그 친구에게 연락이 왔었다. 다투고 난 뒤 20년 만이었다. 사실 시간이 흐르고 나니 무엇 때문에 싸웠는지도 모르겠다. 화상 통화로 얼굴을 보니 어릴 적 모습이 남아 있어 반가웠다. 우리는 서로 안부를 묻고 둘 다 춤이 아닌 다른 일을 하며 산다고 이야기하며 웃었다.

호주로 놀러오라는 친구의 말에 대답하다가 혹시 '스우파' 봤냐고 물어본다는 걸 깜빡했다. 20년 만이라 긴장을 했는지 말을 많이 한 거 같은데, 코로나 상황이 좀 나아지면 한국에서든 호주에서든 만나자고 했던 것만 기억난다.

그 친구는 내가 기타 선생이 되었다고 하니, 내가 중학교 때부터 기타를 많이 좋아했다고 말했다. 그때 내가 기타를 많이 좋아했었나…… 한두 달 배웠던 기억만 있었는데, 내가 완전히 잊고 있었던 일들까지 기억하고 있는 게 신기했다.

앞으로 가끔씩 연락하자며 전화를 끊고 나니, 예전에 같이 춤을 추었던 친구들의 얼굴도 하나둘 생각이 났다. 지금은 어디서 무슨 일을 하고 있을까? 오랜만에 같이 춤추던 친구들과 만나 술 한잔하고 싶다는 생각을 했다.

댄서의 꿈을 꾸었던 우리들의 이야기를 하며, 어릴 적 우리의 생각들이 틀린 게 아니었다는 말도 하고 싶었다. 주인공이 우리가 아니라는 건 아쉽지만 "춤으로도 성공할 수 있다" 말했던, 그렇게 믿었던 우리들의 꿈이 이루어졌다고…… 댄서는 날라리도 아니고, 댄서는 겉멋 들고 허황된 사람도 아니고, 댄서는 '빽가리(백댄서를 낮추어 부르는 말)'도 아니고, 드디어 "댄서"라고 불리는 그런 시대가 왔다고……

'스우파' 방영 이후 유튜브나 인스타로 춤 영상을 더 자주 보게 된다. 잠깐 쉴 때나 잠자기 전에도 스우파 댄서들의 영상을 찾아보면서 대리 만족을 느끼고 있다. 며칠 전에는 춤 영상을 찾아보다가 듀스의 〈우리는〉, 〈굴레를 벗어나〉, Modd Deep의 〈G. O. D. Pt. Ⅲ〉, 2Pac의

〈Do For Love〉 등의 노래들까지 찾아 듣게 됐다. 우리집에서, 친구네 집에서, 학교에서, 지하철역에서, 교회에서, 팔각정에서 CD와 카세트를 틀어놓고 춤 연습을 했던 곡들이다. 안고 있던 기타로 예전에 우리가 틀어놓고 춤을 췄던 곡들의 코드를 대충 카피해보고, 애드리브도 해보았다. 춤을 추듯 연주하면 어떨까 싶어 어릴 적 춤출 때를 상상하며 기타 솔로를 해보기도 했다. 예전 내 춤 실력에 비해 기타 실력이 아직 모자란 건지 상상처럼 기타 솔로가 멋있게 되진 않았다.

어릴 적 아무렇게나 막 춤추던 우리를 그리워하며 만들었던 〈Nothing To Lose〉라는 미완성 자작곡도 불러보았다. 노래 중간 브리지 부분에 듀스의 〈사랑하는 이에게〉(춤출 때 우리들이 좋아했던 노래다)를 넣어 편곡해보았는데, 나중에 친구들에게 이 곡을 들려준다면 이 부분을 크게 따라 부를 몇 명의 얼굴도 그려졌다. 두 손을 후후 불고 밟던 '풋워크(손과 발이 닿은 상태로 바닥에서 움직이는 동작)'와 새로운 기술에 소리를 지르며 손뼉을 치던 해맑은 표정들, 장난기 가득했던 우리들의 몸짓들이 떠올라 기타를 연주하며 순간순간 미소를 지었다. 어제오늘은 차가운 팔각정 바닥에 누워 따뜻한 방보다 여기가 더 좋다고 말하던 그때가 너무 많이 그리웠다.

"부럽다!"

같은 꿈을 꾸며 서로 응원해주던 친구들과 함께할 수 있는 '스우파' 팀들이 너무너무 부러웠다. 또 부러운 만큼이나 축하하는 마음도 진심으로 컸다. '스우파' 방송 전까지 댄서로 생활하는 게 얼마나 힘들었을지 알기에 더더욱 응원해주고 싶었다. 춤과 함께, 춤추는 친구들과 함께 지금 이 행복한 시간을 마음껏 만끽하길, 또 그 시간이 오래도록 이어지길 바라본다.

'스우파'로 인해 잠시나마 춤을 좋아했던 지난날의 나와 다시 만났다. 어릴 적 춤출 때 듣던 음악을 들으며 몸이 근질근질했지만, 갑자기 무리하게 춤을 추다가 혹여나 다칠까 싶어 기타를 연주하며 마음을 가라앉혔다. 지금 몸을 다치면 답이 없다.

덕분에 뜨거워진 마음으로 기타도 예전보다 더 재미있게 연주했다. 앞으로는 스트레칭을 하고 몸을 풀어준 후 춤도 조금 연습해볼까 생각중이다. 물론 절대 다치지 않는 선에서.

코로나가 끝나고 다시 공연을 하게 되면 예전처럼 루프스테이션 RC-50에 기타 연주를 녹음하며 춤을 출지 스스로에게 묻는다. 예전에는 공연 막바지에 항상 춤을 췄다. 아마도 지금의 나는 춤을 추면 금방 지치지 않을까? 무엇보다 나의 춤을 보고 있는 사람들이 나를 안쓰러워하는 상황이 오지 않을까? 좋은 추억은 좋은 추억 그대로 남겨놓아도 괜찮은 것 같다. 보는 사람들 힘들게 하지 말고 혼자 있을 때 추는 것으로.

댄서를 꿈꾸며 힘들 때마다 학교 선생님의 "좋아하는 건 나중에 하고"라는 말이 자주 생각났다. 음악을 하면서도, 학생들에게 기타를 가르치는 선생님이 되어서도 "좋아하는 건 나중에 하고"라는 말과 맞닥뜨릴 때가 많았다.

나 대신에 내 꿈을 이뤄준 멋진 '스우파' 댄서들에게 감사한다. 덕분에 만약 누군가가 "춤을 좋아하지만 나중에……"라는 말을 한다면 나중이 아니라 지금부터 더 오래 즐겁게 하라고 응원해줄 수 있게 됐다.

음악 하는 친구들

2003년 서울예술대학교 실용음악과에 입학한 후 난 음악 소년이 되었다. 밥 먹고 음악 하고, 음악 하고 밥 먹고, 술 먹고 음악 하고, 음악 하고 술 먹고, 음악에 심취해 하루하루를 보냈다. 잠에서 깨면 가장 먼저 스트레칭을 하는 대신 입을 풀고, 안무를 하는 대신 가사를 외웠다.

합주를 하며 드럼 연주에 스텝을 밟고, 베이스 연주에 맞춰 '아이솔레이션(목, 어깨, 가슴, 골반 등 신체의 한 부분만을 움직이는 것)'을 하고, 기타 솔로 연주에 맞춰 몸을 움직였다. 기타 솔로 연주가 끝나면 나도 제대로 춤을 추며 온몸으로 솔로를 했다. 자신의 연주에 춤을 추는 나와 나의 춤에 연주를 해주는 친구들은 서로 재미있어하며 땀범벅이 될 때까지 합주를 했다.

드럼을 치는 친구가 장난삼아 갑자기 BPM을 올리면

베이스, 기타 할 것 없이 모두 그 속도를 따라갔다. "더 빠르게, 더 빠르게"라고 말하며 미친듯이 연주하다가 스틱을 놓치거나 기타 줄이 끊어지거나 춤을 추던 내가 쓰러져 대자로 뻗으면 그제야 음악이 멈췄다.

땀범벅이 된 우리는 손가락으로 서로를 가리키며 "미친놈! 미친놈!" 하며 웃었다. 재미로 시작했던 '잼 세션(재즈 연주자들이 악보 없이 하는 즉흥적인 연주)'에서 모티브를 얻어 BPM이 빠른 스타일의 노래를 만들어보자며 드럼 앤 베이스 장르의 곡도 만들었다.

드럼 앤 베이스, 트립팝 등 이런 곡 저런 곡을 만들어보다 아방가르드 같은 이상야릇한 곡을 만들기도 했다. 어떻게 편곡하면 아름다워질지, 멋있어질지, 슬퍼질지, 우리의 감정을 흔들 수 있는 음악이 될지 우린 밤새 고민했고, 연구했다.

그때 우리는 너 나 할 것 없이 모두 엄청난 것을 만들고 싶어했고, 또 엄청난 것을 만들고 있었다. 우리의 눈은 피곤에 반쯤 감겨 있을 때도 순간순간 아주 밝게 빛났다. 서로 말을 하고 싶어했고, 또 서로의 이야기를 듣고 이해하고 싶어했다. 우리들의 노래는 합주를 통해 자신만의 세계에 대한 욕심과 또다른 세계에 대한 배려가 함께 담겨 아름다워졌다. 매일 새로운 음악을 찾아 떠나는 우리들의 항해는 두려움보단 기대감과 즐거움이 더 컸다.

서울예대에서 만난 친구들의 연주 실력은 정말 수준급이었다. 듣고만 있어도 몸이 흔들리는 드럼 연주와 그루브한 베이스, 그리고 곡의 분위기를 만들어내는 기타 리프와 크게 호흡을 내쉬며 쏟아내는 키보드 솔로…… 이런 친구들과 같이 음악을 하고 있는 내가 자랑스러울 만큼 세련되게 느껴졌다. 덕분에 난 합주를 하며 드럼, 베이스, 기타, 피아노 등의 악기를 전반적으로 이해하게 되었고 음악을 듣는 귀도 생겼다. 친구 따라 강남 간다는 말처럼 그 친구들 덕분에 단시간 엄청나게 성장했다.

학교에는 합주실이 두 개밖에 없었다. 차례를 기다리며 연습실에서 쪽잠을 자다가 새벽녘에 합주를 하는 날이 많았다. 우리 팀 다음 팀이 없을 땐 오랫동안 합주를 하기도 했는데, 학교 '나'동 합주실의 조그만 창문으로 날이 밝아오는 걸 보고서야 "오늘은 그만하자" 하며 친구들과 합주실을 나왔다.

복도로 나와 집으로 가려고 할 때면 아직도 연습하는 학생이 있는지 합주실 반대편 개인 연습실에서 악기

소리가 들려오기도 했는데, 누군지 궁금해 까치발로 연습실 창문을 슬쩍 들여다보기도 했다(서울예대에는 춤출 때의 나보다 더한 연습 벌레들이 많았다). "저 친구는 베이시스트로 먹고살겠구나, 저 친구는 피아니스트로 먹고살겠구나" 혼잣말하며 연습에 방해되지 않게 조용히 복도를 빠져나왔다. 그때 우리들은 "연습만이 살길이다"라는 말을 자주 했다.

밤새워 합주를 하고 학교를 나올 때면 피곤하다기보다는 행복하다는 느낌을 받았다. 차가운 새벽 공기를 마시며 집으로 가는 길이면 친구들과 밤새도록 춤 연습을 하던 때처럼 꿈을 되찾은 거 같았다.

실용음악과 03학번 동기는 40명 정도였는데, 현역으로 들어온 사람보다 재수, 삼수를 한 친구들이 더 많았다. 나보다 나이가 많은 형, 누나 들도 많았고, 나와 나이가 같은 삼수생도 여섯 명이나 되었다. 동갑 친구들이 많아서 무언가 모르는 것이 있을 때도, 학교생활을 할 때도 편했다. 그중에서도 함께 밴드를 하던 기타 치는 친구와 난 베스트였다. 음악을 공부하다 모르는 것이 생기면 제일 먼저 그 친구에게 물어보았다. 그 친구에게 너무 자주 물어보았다 싶을 때는 다른 친구들에게 물어보기도 했지만, 마지막엔 다시 그 친구에게 물어보았던 거 같다. 친구는 내게 음악은 이런 것이라고 가르치지 않았고, 그래서 난 그 친구에게 음악은 이런 것이구나 하며 배웠다. 그 친구는 내 질문에 자신도 잘 모른다고 말하고는 나에게 이 음악 저 음악 들려주고, 내가 했던 질문이 이런 것을 이야기한 게 아니었냐며 이 뮤지션 저 뮤지션의 비디오를 보여주었다.

나는 그 친구와 함께 하던 밴드를 그만둔 후에도 계속 그 친구에게 음악적으로 많은 도움을 받았다. 지금 내가 기타를 치는 것도, 기타 선생이 된 것도 가장 크게는 그 친구의 영향 때문이다. 친구는 나를 깊이 있는 음악의 세계로 인도하고 이끌어주었다.

나는 음악이 너무 좋았다. 실은, 음악 하는 친구들이 더 좋았고, 그들과 합주하는 게 더욱더 좋았다. 같은 꿈을 꾸고 응원해주는 친구가 옆에 있다는 게 얼마나 소중한지 알았다. 음악 하는 친구들과의 시간이 나에게는 아주 소중했다.

내가 기타를 가르치던 학생 중 시퀀싱 프로그램으로 혼자서 밴드 음악을 만드는 친구가 있었다. 그 학생을 만날 때면 대학에 가보는 게 어떻겠냐고 묻곤 했다. 몇 년 전 그가 일본에 1년 정도 가 있을 거 같다고 했을 때도, 일본에 가면 음악대학을 알아보든지 같이 음악을 할 수 있는 친구들을 만나 밴드를 해보라고 추천했다. 며칠 전에도 그 학생을 만났는데, 올해에는 재즈아카데미에 가든지 대학 입시를 보는 게 어떻겠냐는 이야기를 했다.

나는 누군가가 나에게 무언가를 지속적으로 권유하는 걸 별로 좋아하지 않기 때문에, 나 또한 누군가에게 그러지 않으려고 한다. 하지만 학생이 지금껏 만든 음악을 듣고 피드백을 해주다가 나도 모르게 또다시 학업 이야기를 하게 되었다.

그 학생이 작곡한 아름다운 멜로디를 듣고 있으니, 좋은 편곡을 고민해줄 친구들이 있었으면 좋겠다는 생각이 들었다. 나의 피드백에 고개를 끄떡이는 그 학생의 모습을 보니, 내가 마치 그가 만든 음악에 대해 정답을 이야기한 듯해서 그랬던 것 같다.

나는 대학에서 음악을 같이하는 친구들에게 엄청난 영향을 받았다. 친구들은 친구이면서 선생님이기도 했다. 하지만 무조건적으로 나만 그들의 이야기를 듣는 관계는 아니었다. 같이 음악을 만들며 고민하고, 대등한 관계 속에서 서로의 의견을 날것 그대로 주고받았었다. 우리는 함께 여러 방향으로 답을 찾아다녔고, 그렇게 같이 성장할 수 있었다.

믹싱과 마스터링이 잘된 음악보다, 처음 만들었던 상태 그대로의 음악이 더 좋을 때가 있다. 왠지 그대로 받아들여야만 할 것 같은 선생님이나 교수님의 이야기가 아니라 자신의 또다른 고민, 생각 들과 마주했으면 했다.

순간 내 작은 경험과 지식이 그 학생에게 전부가 되어버릴 수도 있겠다는 생각이 들었고, 그래서 나는 그에게 대학에 가보는 게 어떻겠냐고 다시 말하게 되었다. 더 좋은 다른 방법들도 있겠지만, 나는 지금도 음악을 공부하고, 음악 하는 친구들을 만나고, 밴드를 만들고, 마음껏 합주하고 연습을 할 수 있으려면 대학에 다니는 것만한 게 없다고 생각한다.

예전에 내가 최선을 다해서 대학에 보내려 했던 학생이 있었다. 그 학생은 대학에 들어가기에는 실력이 너무 부족했다. 하지만 시험볼 때 사용할 보이싱부터 앉는 자세와 걷는 자세까지 디테일하게 준비시켜 대학에 합격시켰다. 지금은 예전에 비해 엄청난 발전을 했고, 음원도 내며 음악 생활을 잘해나가고 있다. 나에게 대학이 음악적 발전과 음악 하는 친구들을 만들어준 것처럼 그 친구에게도 그랬으리라 생각된다.

시간이 흘러 스물두 살이던 나는 마흔한 살이 되었다. 이제는 내게 기타 선생님이 8명이나 있지만 음악에 대해 고민할 때, 마지막엔 항상 대학 친구들에게 전화를 한다. 내가 일렉기타가 없을 때, 하나밖에 없는 자신의 일렉기타를 빌려주었던 친구, 기타 이펙터를 연구하고 만들어보고 싶어할 때 자신의 페달보드를 빌려주었던 친구, 페이도 없는 공연을 자신의 일처럼 도와주었던 친구, 음원을 녹음할 때 자신의 녹음실을 빌려주었던 친구…… 서울예대는 나에게 이 소중한 친구들을 만들어주었다.

요즈음은 음악 하는 친구들과 연락을 자주 하지 못하지만 아직도 서로의 음악을 응원해주는 마음은 한결같다. 어쩌다 만나 대학 시절 이야기를 할 때면 정말 많이 웃게 된다. LP판을 차 위에 올려놓은 채 깜빡하고 도로를 달린 이야기, 친구의 기타를 빌려 치다가 잃어버렸는데, 잃어버린 기타의 주인이 화가 나 그 친구의 기타를 빌려 팔아버린 이야기 등 매번 똑같은 이야기인데도 항상 재미있다. 시간이 흐를수록, 우리의 추억들이 희미해

질수록 그것들 하나하나가 더 소중하게 느껴진다. 대학에서 만난 내 음악 친구들은 지금까지도 이 험난하고 힘든 음악 생활을 버틸 수 있게 서로 돕고 있다. 그 학생도 자신과 잘 맞는 음악 친구들이 생긴다면 조금이나마 외롭지 않게 음악을 할 수 있을 거라 생각한다.

" 군대 그리고 기타

"

서울예대를 1년 다니고 휴학을 했다. 그리고 마음이 맞는 친구들과 밴드를 만들어 홍대와 대학로 라이브 클럽에서 본격적으로 공연을 시작했다. 그러던 중 입영 통지서를 받았다. 그때 내 나이는 스물네 살이었는데, 복학을 해서 입대를 한번 더 미룰지 아니면 이제는 가야 할지 고민했다. 왠지 군대라는 것이 앞으로도 계속 날 귀찮게 할 것 같았다. 어차피 가야 할 군대라면 빨리 다녀오자는 생각으로 밴드 친구들에게 이야기하고, 그해 8월 입대했다.

한 달 동안의 신병 교육을 마치고, 자대를 배정받았다. 난 11사단 129기보대대로 배정받았는데, 우리 중대는 훈련을 나간 상태라 다른 중대에서 대기해야 했다. 다른 중대 놈들은 내가 자신의 후임이 아닌 '아저씨(다른 중대원끼리는 서로 아저씨라고 부른다)'라는 걸 알면서도 선임인 양 말장난을 하며 나를 가지고 놀았다. 나는 그때 아저씨 개념을 몰랐기에 선임인 줄 알고 그들의 말에 큰 소리로 대답을 해서 그놈들에게 확실한 노리갯감이 되었다. 나중에 아저씨 개념을 알았을 땐 그 중대에 찾아가 그 자식들을 비 오는 날 먼지가 날 정도로 패버리고 싶었다.

소대에 배치되어 2주 동안 관물대만 바라보며 부동 자세로 앉아 있었다. 한 시간 두 시간…… 계속 앉아만 있었다. 군대라는 곳에선 당연하다고 생각했던 모든 것이 당연하지 않았다. 웃으면 안 되고, 이등병이 병장에게 직접 말을 걸면 안 되고, 일병이 되기 전에 'PX(군대에서 간식, 문구, 생필품 등을 파는 곳)'에 혼자 가면 안 되고, 전부 안 되는 것들뿐이었다. 그중 내가 듣고 싶은 음악을 들을 수 없다는 것이 가장 힘들었다. 이등병이 노래를 흥얼거리거나 리듬 있는 무언가를 한다는 것도 군대에선 절대 있어서는 안 되는 일이었다.

아침에 일어나면 항상 소대 모포의 각을 잡고, 전투화를 한 줄로 정렬하고, 선임들이 말하는 바른 자세와 바른 걸음걸이로 절도 있게 움직여야 했다. 심지어 군가까지도 대부분 정박에 딱딱 맞춰 똑같이 불러야 했다('불러야'라고 쓰고 소리 '질러야'로 읽는다).

군가도 노래고 음악이었지만, 옆 소대보다 더 크게 소리를 질러 우리 소대의 군기가 더 확실히 잡혀 있다는 것을 보이는 게 중요했다. 옆 소대, 옆 분대보다 목소리가 작으면 선임들은 욕을 하며 더 크게 부르라고 했다. 웃긴 건 이보다 더 크게는 소리를 내지 못할 거라 생각했는데, 계속 욕을 먹으니 내 한계를 넘어 훨씬 더 크게 소리를 냈다는 점이다. 군기가 바짝 들었다며 선임에게 칭찬을 받았을 때쯤, 군가를 부르던 내 목소리도 쉬어버렸다. 내가 그렇게 사랑했던 음악까지도 군대에서는 나를 이렇게 힘들게 한다는 게 슬펐다.

어느 날 1소대 병장이 우리 소대인 2소대에 들어와 "야, 여기 혹시 기타 칠 줄 아는 사람 있어?"라며 큰 소리로 물었다. 나도 모르게 손을 들었다. 그때 난 정말 기타 소리든 피아노 소리든 어떤 악기 소리라도 듣고 싶었다. "오케이, 넌 이제 군 생활 풀렸어"라고 말하며 그는 나에게 자신을 따라오라고 했다. 난 그 병장을 따라 1소대로 가서 내가 아는 코드 몇 개로 기타를 가르쳐주었다.

"맞습니다!", "코드를 잡으실 때 왼손을 고양이가

아흥! 하는 것처럼 하셔야 합니다", "그렇습니다" 하며 기타를 가르치고 있는데, 갑자기 우리 소대 병장이 1소대에 들어왔다. "야! 너 누가 1소대에서 기타 가르치래?"라고 말하며 그는 큰 소리로 화를 냈다. 1소대 병장은 기타를 놓더니 "왜 그래? 왜 그래? 니가 화내면 내가 뭐가 돼?"라고 말하고는 우리 소대 병장에게 어깨동무를 했다. 우리 소대 병장도 우스꽝스럽게 "장난~ 장난~" 하며 어깨동무를 하고는 낄낄거렸다. 그때까지도 내가 무엇을 잘못했는지 몰랐다. 난 우리 소대 병장이 심심해서 장난을 친 줄 알았다. 하지만 그때 난 이등병이었기에 우리 소대 분대장에게 1소대에 가도 되냐고 묻고, 허락을 받아야 했다.

우리 소대 병장은 2소대로 돌아가지 않고, 옆에 앉아서 내가 기타를 가르치는 걸 구경했다.

"이렇게 하는 거 맞아?" 1소대 병장이 물었다.

"예! 맞습니다!" 내가 대답했다.

"예! 맞습니다?" 옆에 있던 우리 소대 병장이 말했다.

"앗, 죄송합니다!"(우리 소대에서는 "알겠습니다", "그렇습니다"라는 말은 사용할 수 있었지만 "예! 알겠습니

다", "예! 그렇습니다"처럼 '예!'를 붙여서 사용하는 것은 금
지되어 있었다.)

　"괜찮아, 괜찮아. 나만 들었으니까 못 들은 걸로 해
줄게~" 하고 우리 소대 병장은 2소대로 돌아갔다. 계속
신경이 쓰였지만 집중해서 기타를 가르치고 2소대로 돌
아왔다. 아까 그 병장이 내 옆으로 와 "예! 그렇습니다",
"예! 맞습니다" 하며 나를 놀렸다. 우리 분대 선임들은
병장이 화장실에 갔을 때 "왜 그래? '예! 알겠습니다'라
고 그랬어?"라며 내게 물었고, 난 그 일로 며칠 갈굼을
당했다. 그래도 그 말년 병장이 내가 분대장의 허락을 받
지 않고 1소대에 간 사실을 함구해준 것은 그나마 다행
이었다.

　가끔씩 1소대 병장은 우리 소대로 들어와 잠깐 애 좀
빌려 가겠다며 우리 소대 병장에게 허락을 받고 나를 데
려갔다. 우리 분대 분대장은 우리 중대의 모든 일을 도맡
아 하는 듯 매일 작업을 하느라 내무실에 없을 때가 많았
다. 그래서 1소대 병장은 친분이 있는 병장들에게 말하
고 나를 1소대로 데려갔다. 그때마다 어김없이 그 병장
은 "예, 그러세요", "예, 알겠습니다" 하며 나를 놀려댔
다. 눈치는 보였지만 그래도 1소대로 가서 기타를 가르

쳐주며 잠시나마 기타를 칠 수 있다는 게 너무 행복했다. 기타를 품에 안고 코드를 연주할 때, 기타의 울림과 가슴으로 전해지는 미세한 진동이 좋았다. 예전에 학교에서도 친구의 기타를 가끔씩 쳤는데 왜 그땐 이런 느낌을 몰랐을까 싶었다.

일병 4호봉쯤 된 후에는 모든 일과가 끝나면 의무대로 가서 기타를 빌렸다. 어두운 의무대 앞 화단에 걸터앉아 저녁 접호 준비 전까지 이삼십 분 기타를 치며 노래를 만들었다. 이등병 때는 꿈도 꾸지 못했던 일들이었기에 그 짧은 시간이 꽤 길게 느껴졌다.

홍천의 달을 보며 기타를 치고 있으면 왠지 마음이 편안해졌다. 시키는 대로만 해야 하고 생각하라는 대로만 생각해야 하는 군대라는 곳에서 내가 보고 싶은 대로 보고, 듣고 싶은 대로 들을 수 있는 유일한 시간이었다.

날이 어두워지면 어두워질수록 풀벌레 소리가 앰비언스로 깔리고 달빛이 더 밝게 날 비췄다. 나는 눈을 감고 기타를 튕기며 '모뉴먼트 밸리'를 상상하기도 했다 (모뉴먼트 밸리는 미국 애리조나주와 유타주 경계에 위치한 사막인데, 본부 소대 선임이 빌려준 『가보기 전엔 죽지 마라』라는 이시다 유스케의 책을 읽다가 알게 되었다. 나는 그곳에

서 텐트를 치고, 소주를 한잔하며 기타 치는 상상을 자주 했
다. 책의 저자처럼 나도 모뉴먼트 밸리의 아름다운 노을을 보
다 떠나지 못하고 며칠 더 머물 수도 있겠지 하며 제대한 후
모뉴먼트 밸리를 여행할 계획을 매일 수첩에 끄적였다).

눈을 뜨면 장갑차와 콘크리트 벽 위 철조망이 보였
지만, 그 시간이 내게 너무 소중했던 만큼 눈에 보이는
것들은 그리 중요하지 않았다. 홍천의 밝은 달빛 아래 기
타 소리는 한 음 한 음이 아름답게 느껴졌다. 그 잠깐의
시간 동안 총이 아닌 기타를 들고 있다는 것만으로도 정
말 행복했다. 의무대 싸구려 기타와 홍천의 밝은 달빛은
그렇게 소중한 내 감수성을 지켜주었다.

여름에는 노래를 부르다가 모기가 내 왼팔에 붙어
피를 빨아 먹고 있는 모습을 자주 마주했다. 몇 초 뒤면
내가 가장 좋아하는 멜로디가 나올 때는 연주를 멈추
지 않고, 모기에게 피를 주고 계속 노래를 불렀다. 얼마
나 피를 많이 빨아 먹었는지 시간이 조금 지난 뒤에 보면
'아디다스 모기(등에 아디다스 로고처럼 줄 세 개가 진하게
나 있어 그렇게 불렀다)'에게 물린 왼팔이 엄청나게 부어
있었다. 나중에는 팔 토시를 몇 겹으로 해봤지만 아디다
스 모기를 당해낼 순 없었다. 여름날에는 그렇게 모기에

게 피를 주어가며 나만의 감성을 채웠다.

겨울에는 기타를 치며 노래를 부르다보면 찬바람에 콧물이 자주 나왔다. 손이 얼고 콧물이 나는데도 연주를 멈추지 않고 노래를 다 부르고 나면 손은 얼어 굳어 있고, 콧물이 입까지 흘러 들어가 있었다. 그래도 얼어버린 손으로 콧물을 짜내고 화단 풀에 손을 닦고는 다시 기타를 쳤다. 콧물을 풀에 닦고 기타 치기를 반복하다보면 코에서 쇠냄새랑 풀냄새가 섞인 오묘한 냄새가 났는데 그 냄새가 좋았다. 겨울날에는 그 냄새를 맡으며 나만의 감성을 채우다 동상에 걸렸다.

상병 때는 소대에 나와 마음이 잘 통하는 후임 친구들이 생겨 같이 기타를 쳤다. 한 친구는 인디 음악을 좋아했고, 한 친구는 레게를 좋아했고, 한 친구는 뉴에이지 연주 음악을 좋아했다. 휴가를 마치고 군대로 복귀하는 날이면 자신이 좋아하는 밥 말리 CD나 인디 가수의 CD, 또는 뉴에이지 연주 악보를 사가지고 왔다. 토요일 자유시간이면 우린 비어 있던 간부 식당에서 코타로 오시오의 〈황혼〉, 신해철의 〈날아라 병아리〉, 비틀스의 〈Let It Be〉 등 좋아하는 노래들을 연습하며 시간을 보냈다. 우리 소대 내무반 관물대 사이사이에는 어느새 네다섯 대의 기타가 자리잡고 있었다.

그렇게 우리는 20대의 꿈틀거리는 감성을 기타를 치며 채웠고, 서로 좋아하는 음악에 의지하며 군 생활을 버텼다. '군인' 하면 여자 아이돌에 환호하는 사람들로만 비치는데, 내 경험으론 감성 폭발한 20대 군인들은 김태희 등 여자 연예인만 좋아하진 않았다.

밝은 달을 볼 때면, 홍천의 밝은 달과 그 달빛 아래 기타와 만났던 내가 생각난다. 그리고 같이 기타를 치던 후임들이 생각난다. 아무것도 몰랐던, 서툴러서 더 아름다웠던 그 기타 소리가 생각난다.

갤럭시 안드로메다

2007년 8월 제대했다. '기타를 메고 자유롭게 세상을 돌아다니며 음악을 하자.' 군대에서 항상 꿈꿔왔던 일의 시작을 위해 그때 내 전 재산이었던 60만 원과 부모님께 지원받은 10만 원을 합해 야마하 L6라는 어쿠스틱 기타를 샀다.

뮬에서 기타를 찾다가 1970년대 후반이나 1980년대 초반쯤 만들어진 기타라는 설명에 선택하게 되었다. 제대한 지 얼마 지나지 않았을 때라 감수성이 예민했는지 나와 나이가 비슷한 기타가 좋을 거 같았다. 연주해보니 다행히 L6는 울림도 마음에 들었다. 달빛 같은 따뜻한 느낌의 울림이었다. 처음 기타를 치자마자 마음에 쏙 들었지만 뭔가 고민하는 척하면 차비라도 빼주지 않을까 싶어 몇 번 더 쳐보며 고개도 갸우뚱갸우뚱해보았다. 하지만 판매자가 별 반응이 없어 바로 샀다.

집으로 오면서 기타에 이름을 지어주었다. 내가 사랑하는 사람들과 나를 사랑하는 사람들이 살고 있는 '갤럭시 안드로메다'라는 곳에 사는 기타라는 의미로 '갤럭시안'이라고 지었다. '나와 같은 시대에 태어난 기타', '평생 나와 함께할 기타'. 돌아오는 내내 기타라는 단어 앞에 수식어를 넣어가며 '갤럭시안'에게 의미를 부여했다.

2008년 갤럭시안을 등에 메고, 설레는 마음으로 학교에 복학했다. 서울예대에 기타를 메고 오니 달라진 내 모습에 기분이 묘했다. 하지만 달라진 건 춤을 추고, 랩과 디제잉을 하던 내가 어쿠스틱 기타를 메고 있다는 것만이 아니었다. 입학할 때 음악 소년이었던 나는 음악 아저씨가 되어 있었다. 매점에서든 교양 수업 시간에든 누군가 내가 메고 있는 기타를 궁금해할 때든 다른 과의 '아저씨'들과 나는 서로 말을 걸 때 "저기요, 아저씨"하며 소통했다. 군대에서는 아저씨라는 말이 아무렇지 않았는데, 학교에서 아저씨라는 말은 왠지 모르게 낯설었다.

다시 학교를 다닌다는 설렘도 잠시, 학교생활은 생각보다 쉽지 않았다. 후배들은 복학생인 나를 어려워했고, 나도 나를 어려워하는 어린 후배들이 어려웠다. 나는 후배들에게 다가가기 위해 불편한 선배가 되지 않으려 최대한 노력했다. 하지만 나이 많은 선배가 다가오려는 것 자체가 후배들에게는 불편한 일이었고, 후배들 중 몇 몇은 그런 내 노력을 귀찮아했다.

다행스럽게도 내 노력이 통했는지 같이 밥 먹고 술 도 마시는 마음 맞는 몇몇 후배들도 생겼다. 그중 기타를 치는 한 후배와는 친해져 학교 앞에 같이 방을 얻어 자취 를 했다. 우리는 합주가 끝나면 학교 앞에서 "남자는 로 망, 남자는 로망"이라고 외치며 술을 마셨다. 어디서 시 작된 말인지는 모르지만 우리는 매일 술잔을 부딪치며 "남자는 로망"을 외쳤다. 06학번인 그 후배 덕분에 또다 른 후배들과도 하나둘 친해져 다시 학교생활은 꽤 재미 있어졌다. 그렇게 또다시 음악에 심취하는 날들이 시작 되었다.

같이 자취하던 후배는 나를 처음 봤을 때 술도 엄청 잘 마시고, 담배도 피울 거 같고, 심지어 줄담배일 거 같 고, 혹시 마약도 하지 않았을까 생각했다고 했다. 나중에 는 알고 보니 술도 자신보다 못 마시고, 담배도 차 안에 서 피우지 못하게 한다며 첫인상이랑 너무 상반된다고 했다.

후배들에게 내 이미지가 그랬던 건 내 밝은 성격과 그들과 친해지려고 노력하다 오버해서 나온 행동들 때문이겠지만, 거기엔 낙원상가 '태희사'에서 맞춘 내 은색 가방도 한몫하지 않았을까 싶다(태희사는 낙원상가 2층에 있는 악기 가방 전문점인데, 기타 가방도 주문 제작을 해준다). 후배들은 내 기타 가방이 은갈치처럼 너무 반짝반짝 빛나서 한 번 놀라고, 거기서 오래된 어쿠스틱 기타 갤럭시안을 꺼내면 또 한 번 놀랐다. 가방 안에서 반짝이는 빨주노초파남보 기타가 나올 거라 예상했다고 했다.

후배들은 내가 은갈치 가방에서 갤럭시안을 꺼내 기타를 연주하며 "요 왓섭~ 잘 지냈어?" 하며 내레이션을 하고 비트박스를 하면 '역시 그럴 줄 알았어'라는 표정을 지었다. 자신의 느낌이 틀리지 않았다는 듯 갤럭시안을 안고 있는 나와 은갈치 가방을 번갈아 보며 손뼉을 치기도 했다. 난 어쿠스틱 기타를 연주하며 랩을 하고, 비트박스를 하고, 노래를 했다. 또 루프스테이션에 기타 연주를 녹음해놓고 춤을 추었다. 갤럭시안은 내가 사랑하고 좋아하는 모든 것을 묶어주는 연결 고리였다.

난 연주 수업 시간에 어쿠스틱 기타 반주에 랩을 하

는 〈결국 난 여기 있어〉라는 곡과 역시 어쿠스틱 기타 반주에 춤추고 비트박스 하는 〈Funky Funky〉라는 곡을 만들었다. 그리고 학교 수업 과제로 만든 그 음악들을 EBS '헬로루키'에 응모했는데 운좋게도 선정되어 방송에도 나갈 수 있게 되었다. 방송에서 〈결국 난 여기 있어〉와 〈Funky Funky〉를 부를 수 있다고 생각하니 상상만으로도 너무 행복했다.

하지만 행복한 상상은 오래가지 못했다. 당시 나는 대학가요제도 준비하고 있었는데, EBS 헬로루키에서 〈Funky Funky〉를 부르면 대학가요제에서는 부를 수 없다는 이야기를 듣게 되었다.

〈Funky Funky〉는 나라는 뮤지션을 사람들에게 가장 임팩트 있게 보여줄 수 있는 곡이었다. 곡 초반 혼자 어쿠스틱 기타를 치면서 "펑키펑키 사운드 내 마음속 느낀 그대로 펑키펑키 사운드~"를 외치면 열한 명이 연주하는 밴드 사운드가 들어오고, 나는 밴드와 함께 자유롭게 노래를 부른다. 2절 섹션에서 타이트하게 랩을 하고, 인터루드에서는 내 특기인 입으로 하는 디제잉과 비트박스를 한다. 그리고 클라이맥스로 가기 전 트럼펫 솔로 여덟 마디와 함께 홍대 거리를 걷는 듯한 제스처를 하며 편안하게 랩을 한다. 마지막에는 여자 코러스 세 명이 부르는 "펑키펑키 사운드 내 마음속 느낀 그대로"와 내 랩이 교차하는 가운데 나는 기타를 메고 된다.

사람들은 열한 명이 함께하는 〈Funky Funky〉를 들으면 백이면 백 너무너무 신난다고 했다. 코러스를 해주던 친구도 〈Funky Funky〉의 가사가 너무 좋고, 코러스가 들어가는 부분들이 재밌다고 했다. 〈Funky Funky〉는 관객들만이 아니라 연주하는 우리들에게도 엄청난 에너지를 주었던 곡이었다.

그때 나는 대학가요제가 더 중요하다고 판단했다. 그래서 고민 끝에 EBS 헬로루키에서는 새로운 곡을 준비하기로 하고, 대학가요제에서 〈Funky Funky〉를 부르기로 결정했다. 하지만 방송을 통해 많은 사람들에게 〈Funky Funky〉를 보여줄 수 있는 기회를 놓친다고 생각하니 자꾸 멘붕에 빠졌다.

〈Funky Funky〉의 빈자리를 다른 곡으로 채우면서 모든 일이 해결되는 것 같아 보였다. 하지만 거기서부터 일이 꼬이기 시작했다. 기타를 메고 서서 불렀던 〈Funky Funky〉 대신 앉아서 부르는 곡이 추가되었고, 곡의 흐름과 공연의 진행을 위해 모든 곡을 의자에 앉아서 부르게 되었다. 콘셉트가 바뀌면서 연주도 피크 대신 손으로 했다. 이렇게 작은 것까지 하나하나 바뀌면서 밴드 사운 드도 내 생각과 다른 방향으로 변하게 되었다.

밴드 사운드가 달라져서 그랬는지 내가 예민해져서 그랬는지 합주에 집중하지 못했다. 그런 나를 보며 후배 들도 점점 집중력을 잃어갔던 거 같았다. 나는 내가 집 중하지 못하는 것이 드럼의 BPM이나 합이 잘 맞지 않는 악기들 때문이라고 생각했다. BPM을 올리기도 해보고, 내려도 보고, 곡의 진행도 바꿔보았지만 사운드는 채워 지지 않았다.

합주가 잘 풀리지 않아 고민하는데 드럼을 치던 후 배가 갑자기 오늘은 그만하자며 일어났다. 일이 꼬이려 고 그랬는지 평소의 나였으면 "그러자" 했을 텐데 그만 후배에게 크게 화를 내버렸다. 뭐라고 말했는지는 정확 하게 기억나지 않지만, 합주하다 갑자기 네 마음대로 나 가버려도 되냐며 하고 싶으면 하고 하기 싫으면 안 할 거 냐고 했던 것 같다.

나를 위해 자기 시간을 내서 같이해주었던 후배들에 게 마음에도 없는 말을 하고는 바로 후회했지만 한번 내 뱉은 말은 주워 담을 수 없었다. 이 광경을 본 다른 후배들도 합주실을 나갔고 난 혼자서 갤럭시안을 멘 채로 한동안 멍하니 앉아 있었다.

방송 며칠 전에 드럼을 연주하는 후배를 찾아가 미안하다며 말했지만, 그다음 합주를 할 때도, 공연날 다시 만났을 때도 껄끄러운 느낌이 들었다. 리허설을 하고 나서 이번 공연이 나에게 너무 힘든 시간이 되리라는 것을 알았다. 나름 최선을 다했지만 공연은 역시 즐겁지도 재밌지도 않았다. 결국 나는 정말 잘하고 싶었던 방송을 잘하지 못했다.

그 사건 이후 나에게도 마음의 상처가 생겼다. 상처가 아물기도 전에 그 멤버 그대로 대학가요제에 나가게 되었지만 역시 좋지 못한 결과들만 반복되었다.

하나를 포기하고 하나에만 집중했으면 결과가 좋았을까? 왜 이번 기회가 마지막인 것처럼 행동했을까? 도대체 무엇이 그렇게 불안했을까? 생각에 생각을 이어가다 보니 매번 공연을 하면서도 돈을 벌지 못해 해체되었던 과거의 댄스팀까지 떠올랐다. 유명해져서 음악으로 돈을 벌지 못한다면 또다시 내 꿈도, 내 친구들도 사라져 버릴 거라는 막연한 불안감에 어떻게든 기회를 잡으려 했던 게 아닐까 싶었다.

하지만 책을 쓰며 그때의 일들을 적어 내려가다보니 그게 아니라는 생각이 든다. '하나를 포기하고 하나에만 집중했으면 결과가 좋았을까?'를 고민하기에 앞서 나를 도와주는 후배에게 왜 큰 소리로 화를 냈는지, 그게 얼마나 잘못된 행동이었는지 반성하고 깨닫는 일이 먼저여야 했다. 또 내가 화내는 모습을 지켜보았던 후배들에게도 사과했어야 했다.

그때 내 모습은 이유도 묻지 않고 대화도 해보지 않고 소리부터 지르던, 내가 그렇게도 싫어했던 군대 선임들이 나에게 화를 내던 모습과 똑같았다. 방송 며칠 전에 했던 사과도 진심에서 우러나와 했다기보다는 일단 방송을 잘해야 했기에 의무적으로 했던 듯하다.

그때 나는 내가 사랑하는 사람들을 지키고 싶다며 〈갤럭시 안드로메다〉라는 노래를 만들고 불렀지만, 사랑하는 사람들을 지키는 방법을 모르는 (그리고 나밖에 모르는) 한없이 부족한 사람이었던 거 같다.

초라한 뮤지션의 발걸음 1

2021년 한 예능 프로그램에서 홍대 인디신의 어느 클럽 사장님에 관한 미담을 들었다. 한 뮤지션이 클럽 공연 후 모르고 두고 온 노트를 다시 찾았을 때 노트 안에 5만 원과 응원하는 문구가 들어 있었다는 이야기였다. 갑자기 씁쓸한 웃음이 터졌다. 나는 그 클럽에 나쁜 기억밖에 없는데 다른 이에게는 그곳이 좋은 추억의 공간이었구나…… 추억은 다르게 적힌다.

어느 날 그 클럽 사장님에게 물었다. "공연을 하는데 왜 페이를 안 주세요? 저를 보러 두세 명이 오면 5000원이라도 주시면 안 돼요?" 사장님은 자신의 클럽은 대관을 안 해서 돈을 못 준다고 했다. 사장님은 뮤지션이 공연을 많이, 계속할 수 있도록 대관을 안 한다고 이야기했다.

아침에 밥집에서 알바를 하고 저녁이면 그 클럽에서

공연을 했는데, 공연 전에는 항상 클럽 앞 편의점에서 삼각김밥을 먹었다. 공연을 하고 옥탑방으로 돌아오는 길이면 항상 발걸음이 무거웠다. 공연을 열심히 준비하고 잘한 날이면 더 허무했다.

　나중에는 꾸준히 나의 공연을 보러 와주던 몇 명의 친구들과 얼마 안 되는 팬들에게 나는 어차피 공연비를 못 받으니 오지 말라고 했다. 나의 음악을 응원해주는 친구들과 팬들이 오지 않으니, 내 공연 때는 관객이 없었다.

　관객도 없고 페이도 없는 공연이 반복되면서 내 공연의 퀄리티도 점점 나빠졌다. 나는 그곳에서 딱 한 번 페이를 받았는데 '옥상달빛'과 함께 공연을 한 어느 토요일 밤이었다. 처음이자 마지막으로 3만 원을 받았다. 그때 너무 감격해서 "감사합니다, 감사합니다" 했던 내가 지금 생각해보면 참 웃프다.

　예능에서 그 사장님의 미담을 듣고 제일 먼저 떠올랐던 건 〈초라한 뮤지션의 발걸음〉이라는 나의 노래였다. 생각해보니 그 사장님은 사람 보는 눈이 있었구나, 될 성싶은 사람에게 잘했나보다 싶었다. 그 클럽에서 공연을 마치고, 공연을 보러 와준 친구들에게 밥을 얻어먹고, 옥탑방으로 돌아오는 길 흥얼거리며 만든 노래가

〈초라한 뮤지션의 발걸음〉이다.

초라한 뮤지션의 발걸음~

공연을 하고도 돈 못 받음~

친구들에게 밥 얻어먹음~

초라한 뮤지션의 발걸음~

친구들아 다음엔 내가 살게 미안함에 밥을 넘긴다

친구들아 와줘서 고마워 난 언제쯤 이 길을 포기할까?

초라한 뮤지션의 발걸음 2

홍대에 ✱✱✱라는 라이브 클럽이 있었는데 사장이 바뀌었는지 홍익대 정문 쪽으로 위치를 옮겨 다시 오픈했다. 그 클럽에서 공연이 있던 날 리허설을 하고 예전처럼 여자친구와 카페에서 차를 마시며 공연 시간을 기다렸다.

공연 시간에 맞춰 다시 클럽으로 갔는데, 클럽 앞에서 새 클럽 매니저인 듯한 사람이 한 손을 올려 우리를 막아 세웠다. 그러고는 "여성분은 입장료를 내셔야 합니다. 공연하시는 분만 들어가세요"라고 말했다. 나는 순간 당황했다. "원래는 안 그랬는데…… 저 그럼 오늘만 같이 들어가고 다음부터 그렇게 하면 안 될까요? 제 공연 때문에 일부러 같이 기다려준 거라서……" 계속 이야기를 하려는데 여자친구가 내 손을 한 번 꽉 잡았다. 그러고는 나를 보며 고개를 흔들었다.

여자친구는 "카페에서 커피 마시고 있을 테니까 공연 잘하고 전화해"라고 말하고는 뒤돌아 계단을 올라갔다. 이 클럽도 페이를 주지 않는 곳이었기에 나는 이 상황이 더 어이가 없었다. 군대에서는 규칙이 바뀌면 말이라도 해주었다. 사회가 군대보다 더 무섭다더니, 클럽은 바뀐 규칙도 이야기해주지 않았다. 대기실에서 기타를 조율하며 마인드컨트롤을 했다. 몹시 화가 나 있었지만 공연까지 망치면 너무 우울할 거 같았다. 최선을 다해 기타를 연주하며 노래에 집중했다. 다행히 공연을 망치지 않았고 나름 잘했다. 아니 아주 잘했다! 공연이 끝나자마자 기타를 들고 카페로 뛰어갔다.

"공연 잘 끝냈어?"

"응, 잘했어! 공연 전에도 카페에서 커피 마셨는데 또 카페에서 나 기다리느라 고생했어."

"아니야, 책도 보고 좋았어. 사람들은 많았어?"

"응, 꽤 있었어! 향미에 밥 먹으러 갈까?"

사실 공연장에는 관객 세 명과 나밖에 없었다.

아내에게 TV 예능에서 홍대 클럽 미담을 봤다고 하다가 홍대 인디신에 대한 이야기를 하게 되었다. 홍대에서 공연을 하던 그때, 날 기다려주던 여자친구는 지금은 나와 결혼해 아내가 되었다. 아내는 클럽의 운영 방식, 홍대 클럽의 부동산 임대료 상승 등에 대해 이야기하며 그때는 뮤지션이나 클럽 사장들 모두 미숙했고, 어려웠던 시절이었다고 말했다.

사실 이렇게 부정적인 감정이 들다가도 당시의 홍대를 생각해보면 이해가 가는 부분도 있다. 2010년경에는 젠트리피케이션으로 월세를 감당하지 못하고 이전하던 클럽도 많았다. 클럽 사장들도 뮤지션을 제대로 대우해주지 못한 나름의 이유가 있지 않았을까 싶다. 하지만 모두 어려웠던 시절이었다 해도 에반스나 오뙤르 등 뮤지션에게 페이를 챙겨주기 위해 노력했던 라이브 클럽들도 분명 있었다.

그 시절 이야기를 하다보니 아내에게 미안한 마음이 들었다. 결국 내가 유명해지지 못한 것에 대해 변명을 늘어놓은 거 같았다.

뮤지션의 재능 기부

어느 날 모르는 번호로 전화가 왔다.

"여보세요?"

"안녕하세요? 김철연 선생님 전화 맞죠? 저는 ***의 누구입니다. 저희가 이번에 기획한 좋은 취지의 행사가 있는데 김철연 선생님이 재능 기부를 해주셨으면 해서 연락드렸어요."

"아, ***요. 행사 날짜가 언제죠?"

"다음주 21일 7시에 안국역에서 열리는 노약자를 위한 무료 행사입니다."

"아, 잠시만요······ 그날은 제가 레슨이 있어서 공연이 어려울 거 같아요."

"아, 그렇군요······ 정말 좋은 취지의 행사인데 어떻게 안 될까요? 한두 곡 정도만 연주해주셔도 괜찮습니다."

"제가 요즘 지금 사정이 안 좋아 레슨을 미루기가 좀 그래서요. 죄송합니다. 이번에는 참여가 어려울 거 같습니다."

"근데 이 행사 참여 안 하시면 후회하실 거예요~ 정말 좋은 취지의 행사라서 연락드렸거든요. 작년에 참여해주신 분들도 거의 다 해주신다고 하셨는데…… 안 하시면 진짜 후회하실 거예요."

"……죄송해요. 이번에는 어려울 거 같아요……"

"네!"

뚝!

전화를 끊고 나니 '후회'라는 단어가 귀에 맴돌았다. "휴…… 자신의 일에 열심인 신입이겠지……" 하면서 기타를 들었지만 "후회하실 거예요"라는 말이 자꾸 생각나 하루종일 찝찝했다. 10년 넘게 재능 기부 공연을 하며 뭔가 딱히 바라는 건 없었지만 기분을 망치는 이런 섭외 전화는 앞으로 오지 않았으면 했다. 다음부터는 모르는 번호는 안 받아야겠다고 생각했다.

'산다라박' 기타 선생님

춤을 추며, 음악을 하며 작은 실패를 꽤 자주 겪었지만, 그래도 나는 내가 잘 안될 거라고 생각해본 적은 없었다. 남들보다 조금 느리더라도, 열심히 하면 무엇이든 할 수 있다는 자신감이 있었다. 적어도 스물아홉 살 때까지는 그랬다. 더 정확하게 말하면 쓰러지기 전까지는 그랬다.

창문 없는 네 평짜리 옥탑방에서 생활하며 몸이 나빠져버렸는지 흔히 말하는 아홉수였는지 친구들과 합주를 하다가 갑자기 숨이 안 쉬어지고 어지러워 쓰러진 적이 있다. 그후 노래 부를 때나 비트박스를 할 때면 가끔씩 심장이 아팠다.

큰 병에 걸린 것일까봐 걱정돼 병원에서 검사를 받아봤지만 몸에 이상이 없다고 했다. 의사 선생님이 그렇게 말씀해주셔서 다행이었지만, 이상하게도 나는 내 몸에 이상이 있다고 느꼈다. 노래를 부르다가도 갑자기 숨이 차올랐고, 레슨을 하다가도 갑자기 심장이 찌릿찌릿해서 집중을 못했다. 심장이 덜 아픈 날은 기분이 좋아졌고 아픈 날에는 금방 시무룩해졌다.

몸이 정상적이지 않으니 컨디션 조절이 잘되지 않았다. 창문이 없는 레슨실에 들어갈 때면 항상 겁이 났다. 레슨을 하다가 숨이 잘 안 쉬어져 들락날락했다. 갑자기 말수가 적어지고 멍해져 있는 내게 몇몇 학생들이 괜찮은지 물었다. 학생 중에는 의사와 간호사도 있었는데, 둘 다 내게 지금은 쉬어야 한다고 말해주었다.

나에게 기타를 배우던 학생들도 내 상태를 알아차렸는지 갑자기 몇 명이 한꺼번에 학원을 그만두었다. 학원 총무님에게 학생들 관리에 신경 좀 써달라는 이야기를 들으니 학원에 미안한 마음이 들었다. 기타 레슨을 그만둔 학생들에게도 미안했다. 몸 상태를 이렇게 만들어버린 나 자신에게 제일 미안했다. 창문 없는 옥탑방을 선택한 것, 비트박스를 지나치게 열심히 연습한 것, 레슨을 하며 끼니를 챙기지 않은 것 등등 전부 후회됐다. 그때 나는 〈난 이것을 할 수 있어〉라는 곡을 쓰고 있었는데, 슬프게도 예전엔 쉽게 할 수 있던 것들조차 원활하게 할 수 없었다.

음식점에서 알바를 하다가 갑자기 멍해져 생전 잘 깨지 않았던 접시를 깨고, 뜨거운 물이 담겨 있던 데다 바로 차가운 물을 부어 유리병까지 깼다. 음식점 사모님은 나에게 괜찮냐며 다친 데는 없는지 물었지만, 사장님은 그런 나를 마음에 들어하지 않았다. 사모님은 가끔씩 점심을 해주셨다. 그날 사모님이 해주신 점심을 먹고 밖으로 나오니 사장님이 나에게 다가와 사람은 하루에 두 끼만 먹으면 된다고 이야기하셨다. 가게에서 점심을 먹지 말고 오후 3시 30분에 바로 퇴근하라는 말을 돌려서 한 것이었다. 그 말을 듣는 순간 너무 서운하고 화가 나 "저는 아버지께 항상 세 끼를 챙겨 먹으라고 배웠는데요."라고 말했다. 아침 8시에 출근하는 나에게 몇천 원짜리 밥을 주는 것도 아까워하는 이 가게를 부모님 가게처럼 생각하자며 늘 구석구석 청소하고 오픈 준비를 해왔던 게 후회됐다. 몸 상태가 안 좋아지다보니 피해 의식이 늘고, 자신감 또한 한순간 사라져버렸다. 자신감이 사라지니 정말 미운 사람 없이 사람들이 미웠다.

나는 이사를 결심했다. 내게 레슨을 받던 의사 선생님과 간호사 선생님 말씀처럼 우선 망가져버린 몸부터 고쳐야 했다. 이 몸으로는 아무것도 할 수 없었다. 나는 다시 얼굴에 철판을 깔고 부모님께 손을 벌렸다. 그렇게 부모님의 도움을 받아 홍대에서 멀지 않은 광흥창역 근처 창문이 있는 월세 집으로 이사했다.

안방에 있는 큰 창문을 열면 바로 주차장이었지만, 건너편 학교 운동장이 보일 정도로 시야가 탁 트여 개방 감이 좋았다. 방 환기도 잘되어 숨을 쉬는 게 편했다. 이른아침이면 주차장에서 택배 차량들이 '까대기' 비슷한 작업을 해서 시끄럽긴 했지만 나에게 중요한 건 밖을 볼 수 있는 창문과 환기였기에 그 집이 무척 만족스러웠다. 심지어 거실과 작은방도 있었다. 나에게는 너무나 큰 집이었다.

그다음달부터는 월세를 이전보다 15만 원 오른 50만 원을 내야 했지만, 부모님에게 받은 두 달 정도 쓸 여유 자금이 있었기에 건강을 회복하는 것에만 집중했다. 집 앞 운동장을 달리고, 자전거를 타고 한강도 달렸다. 창문이 있는 집에 살게 되니 언제 그랬냐는 듯 몸 상태가 금세 괜찮아지는 거 같았다.

몇 달 후 산다라박에게 기타 레슨을 다시 받고 싶다고 연락이 왔다. 큰 집으로 이사를 왔고 집에 방이 남으니 우리집에서 레슨을 해도 된다고 자랑을 했다. 그때부터 산다라박은 우리집으로 레슨을 받으러 왔다. 산다라박에게 받은 레슨비로 상수역 경희수한의원에서 한약을 지었다. 산다라박의 매니저는 커다란 밴을 우리 빌라 주차장에 겨우겨우 세워놓고 작은방에서 기다렸다. 나중에 다른 연예인들도 우리집으로 레슨을 받으러 왔는데, 지금 생각해보면 연예인들에게 집 자랑을 했던 내가 너무 웃긴다. 큰 집이라고 말했지만 우리집에 온 그들이 집을 보고 얼마나 당황했을까.

몸이 점점 괜찮아지고 다시 건강한 일상으로 돌아오던 중 SBS〈K팝스타〉오디션 포스터를 보게 되었다. 〈K팝스타〉오디션 프로그램은 내 조바심과 초조함에 불을 지폈다. 내 나이 서른 살, 더 늦기 전에 얼른 무언가를 이루어내야 한다고 생각했다.

난 곧장 학원 연습실에 가서 노래하는 영상을 찍어 오디션을 신청했다. 그리고 사람들이 좋아할 만한 유명한 K팝 노래들을 찾아서 카피를 시작했다. 홍대 MF 매장 2층에 무료로 사용할 수 있는 연습실이 있었는데, 한 시간씩 사용 신청을 해서 체력도 기를 겸 춤도 연습했다.

창문이 있는 집으로 이사한 후 몸 상태가 많이 좋아

졌지만, 레슨이 많을 때나 잠을 푹 못 잤을 때면 고질병처럼 심장이 아팠다. 레슨을 끝내고 학원 연습실에서 오디션 때 부를 곡을 연습하다가도 가슴에 통증이 와서 멈출 때가 있었다. 그래도 예전에 비해 몸이 말도 안 되게 좋아졌으니, 이번 오디션 프로그램만 잘 끝내고 몸 관리를 하자며 "할 수 있다, 할 수 있다" 혼잣말로 스스로를 응원했다. 그때 나에게는 예전 EBS 헬로루키 방송을 준비하며 느꼈던 알 수 없던 감정들이 명확해져 '미래에 대한 불안'이라는 말로 다가와 있었다.

예선을 거쳐 1차 오디션에 합격한 참가자들은 2차 오디션부터 합숙을 했다. 2차 오디션 날 아침 일찍 일어나 〈K팝스타〉에서 준비한 인터뷰 겸 다른 스케줄을 끝내고, 2차 오디션장 대기실 의자에 앉아 내 순서를 기다렸다. 방송 오디션이란 것이 그렇게 오랫동안 기다려야 하는 일인 줄 몰랐다. 의자에 앉아서 순서를 기다리는 동안 밥을 두 번 먹고, 한약을 세 번 먹었다. 가만히 의자에 앉아서 순서를 기다리다보니 어느새 다음날 새벽이었다.

기다린 지 여덟 시간 정도 흘렀을 때 내 걱정은 현실이 되었다. 아직 노래를 부르지도 않았는데 심장이 아파왔다. "제발 조금만 더 버텨줘라" 하며 오른손으로 심장을 계속 마사지했다. 군대에 있을 때 욕을 하면 내 한계를 넘어 무언가를 잘해냈던 경험을 떠올리며 속으로 계속 나에게 욕을 했다. 발을 동동거리며 주술을 걸듯 "할 수 있다, 난 이것을 할 수 있다" 하고 되뇌었다. 하지만 그때 내 몸과 정신은 내가 생각했던 것보다 더 많이 약해져 있었다.

내 순서가 되어 무대에 올라갔을 땐 아무 생각도 나지 않았다. 심사위원 앞에서 노래를 부르는 동안에도 아무 생각을 할 수 없었다. 중간중간 눈을 감고 나만의 상상 속으로 빠져보려 애써보기도 했지만, 어떤 상상의 그림도 그려지지 않았다. 불행 중 다행으로 노래하는 동안에는 심장이 아프지 않았다. 하지만 심장이 아파 갑자기 노래를 못 하게 될까봐 계속 긴장하며 불렀다. '〈K팝스타〉 오디션 중 참가자 쓰러지다'라는 기사가 나가면 부모님이 얼마나 놀라실까, 이런 생각을 하며 노래를 불렀던 것 같다. 심사위원이 손을 들어 내 노래를 멈췄다.

오디션을 마치고 자리로 돌아오자 답답한 마음에 눈물이 날 것 같았다. 하지만 방송에 우는 모습이 잡힐까봐 참았다. 탈락자들은 모두 무대로 모이라는 말이 들려왔다. 아무렇지 않은 척하고 무대에 서 있는데, 갑자기 눈물이 났다. '아…… 서른 살 김철연, 방송에서 이렇게 울면 안 된다. 제발……' 하며 참으려 했지만 눈물을 멈출 수 없었다.

바보처럼 울고 있는 내 눈에 주변이 희미하게 보였다. 〈K팝스타〉에서 오디션 참가자의 노래에 건반 반주를 해주던 서울예대 후배들이 내가 우는 모습을 보고 있었다. 그중에는 서울예대 기말 작품 발표회 때 내 노래 〈Funky Funky〉가 최고였다며 가끔씩 동영상을 찾아본다 말했던 후배도 있었다. 얼굴이 빨개질 정도로 창피했지만 난 얼굴을 더 찌그러뜨리며 울었다.

그렇게 난 〈K팝스타〉 오디션 본선 2라운드에서 탈락했다. 탈락 충격이 컸기에 일상으로 돌아오는 데 꽤나 오래 걸렸다. 난 다시 예전과 같이 알바를 하고, 기타 레슨을 하고, 라이브 클럽에서 공연을 했다. 하루에도 몇 번씩 후배들 앞에서 울었던 내 모습을 떠올리고는 "하……", "으……", "후……"를 반복하며 〈K팝스타〉에 나간 것을 후회했다. 그리고 내가 우는 장면을 방송에 내보내지 않은 〈K팝스타〉 관계자들에게 감사했다. 별로 이슈가 되지 않을 것이라 그랬든 카메라로 잡지 않아서였든 간에 진심 너무 감사했다.

〈K팝스타〉에 출연한 후 내게 두 가지 변화가 찾아왔다. 하나는 뮤지션으로서 나의 자존감이 제대로 떨어진 것이고, 또하나는 나에게 '산다라박 선생님'이라는 호칭이 생긴 것이었다. 〈K팝스타〉 오디션 때 '산다라박 선생님'이라고 나를 소개했는데, 그 장면이 사람들의 기억에 남았는지 아르바이트를 할 때나, 기타 레슨을 할 때나, 공연을 할 때나 난 '산다라박 선생님'이라 불렸다. '산다라박 선생님'이라는 말은 내 삶의 퀄리티를 예전보다 많이 올려주었다. 만나는 사람들마다 '산다라박 선생님'인 줄 몰랐다며, 전에 비해 신경써주었다. 클럽 공연을 하러 가도 전과 다르게 나를 대하는 태도가 부드러웠고, 물을 챙겨주는 친절도 베풀어주었다.

길거리에서도 몇몇 사람들이 "산다라박 선생님, 〈K팝스타〉 나왔던" 하며 나를 알아보았다. 홍대 클럽에서 매번 '김철연'으로 공연을 했던 난 내 이름으로 소개되고, 사람들이 알아봐주었으면 하는 욕심이 있었지만 어디를 가나 사람들은 무명 뮤지션 김철연이 아니라 '산다라박 선생님'을 찾았다.

내가 〈K팝스타〉 오디션에 참가한 이유는 '뮤지션 김철연'으로 자리매김하기 위해서였다. 하지만 난 오디션에서 좋은 결과를 만들지 못했고, 그 도전은 흔히 말하는 나의 흑역사가 되었다. 실패의 쓴맛에 잠깐, 아니 꽤 오랫동안 몸도 마음도 많이 아팠지만 그 도전으로 얻은 '산다라박 선생님'이라는 호칭은 '좋은 선생님'이 되고 싶다는 또다른 꿈을 갖게 되었을 때 나에게 많은 기회를 만들어주었다.

당시 난 '뮤지션 김철연'으로 소개되고 불리는 것에 큰 의미를 두었지만, 지금은 '누군가의 선생님', '누군가의 무엇'이라고 불리는 것이 싫지 않다. 지금 와 생각해 보면 어떤 방식으로든 음악을 하며 사람들과 관계를 맺고 살아간다는 것 자체가 멋진 일이었다. 또 '누군가의 무엇'이라고 불린 것은 내가 그 일을 잘해나가고 있었기 때문이라 생각된다.

혹시 그때의 나처럼 무슨 일에 도전했다가 흑역사를 만들었거나 자신이 화려한 누군가에게 가려져 크게 아쉬움을 느끼는 사람이 있다면, 무언가에 도전했던 당신에게도, '누군가의 무엇'이라는 타이틀을 만들 수 있는 당신에게도 잘하고 있다고 말해주고 싶다.

선생님은 커리큘럼을 만들고, 커리큘럼은 선생님을 만든다

개인 레슨 때는 여유가 있어서 정해진 시간이 지나서까지 기타를 가르쳤다. 학생이 늦었을 때는 레슨 시간을 정확히 지켜 학생을 돌려보내기가 내키지 않았고, 내가 늦었을 때는 미안한 마음에 조금 더 레슨을 해주었다.

그러다보니 어떤 땐 나도 모르게 한 시간 반을 훌쩍 넘겨 레슨을 하기도 했다. 학생은 한 시간 넘게 레슨을 받고는 너무 좋다며 개인 레슨을 받길 잘했다고 말했다. 학생이 만족하니 나도 좋고, 조금 더 가르쳐주는 것은 내게 그리 어려운 일이 아니었기에 나는 일부러 시간을 늘려 한 시간 이상 레슨을 해주었다.

하지만 한 시간에 맞춰놓은 커리큘럼으로 한 시간을 초과하는 레슨을 계속하니 어느 순간 레슨 챕터들이 꼬여버렸다. 난 내 능력으로 진도를 잘 조절할 수 있을 거라 믿었지만, 그건 자만이나 오만 같은 거였다. 레슨을 해갈수록 수업 시간과 진도는 엇박자가 났다. 어떤 학생은 진도를 따라오지 못해 어쩔 수 없이 예전에 레슨했던 것들을 같이 연습해야 했다. 하지만 진도를 따라오지 못하는 학생은 레슨을 어려워하면서도 오히려 더 많이 배우고 싶어했다. 선생인 나는 예전에 배웠던 것들을 천천히 같이 연습해보자 했고, 학생은 예전에 배운 것들은 집에서 연습해 오겠다며 지금은 진도를 더 나가고 싶다고 했다. 당황스럽게도 내 레슨은 어렵거나 지겨운 것이 되어버렸다. 학생은 기타를 배우는 것에 흥미가 사라지고 있는 듯한데, 선생인 나는 어떻게 해야 할지 몰랐다. 역시나 학생은 다음달에 레슨을 그만두었다. '학생이 기타를 배우기 전보다 기타를 배운 후에 오히려 기타라는 악기와 더 멀어져버린 건 아닐까?' 나는 레슨 방식을 바꾼 걸 후회했다.

나는 그후 한 시간 커리큘럼, 한 시간 반 커리큘럼 등 시간별로 커리큘럼을 만들었다. 또 유형별, 연령별 커리큘럼도 만들었다. 직장인을 위한 커리큘럼을 만들 때는 직장에 다니는 아내를 생각했다. 시니어를 위한 커리큘럼을 만들 때는 나에게 기타를 배우셨던 내 결혼식 주례 선생님을 생각했다. 기타를 너무 어렵게 느끼는 사람들을 위한 커리큘럼을 만들 때는 어릴 적 내가 어렵게 한글을 깨쳤던 기억들을 떠올려보며 학생들이 무엇을 가장 어렵게 느끼는지 고민했다.

하지만 짧은 음악 지식과 레슨 경험으로 커리큘럼을 만들다보니 금방 한계에 부딪혔다. 내가 하려는 교육은 무엇인지, 어떤 부분에 초점을 맞춰야 하는지 커리큘럼을 하나씩 만들어볼수록 더 헷갈렸다. 한동안 나는 큰 서점의 교육 관련 코너에서 시간을 보내며 교육에 관련된 책들을 읽었다. 서점에 갈 때마다 자주 보았던 큰 돌에 새겨진 '사람은 책을 만들고 책은 사람을 만든다'라는 글귀를 '선생님은 커리큘럼을 만들고 커리큘럼은 선생님을 만든다'로 바꾸어 읽었다.

참고하고 싶은 교육 관련 책들과 기타 교본을 하나씩 사 오다보니 어느새 내 방 책장 한 칸이 채워졌다. 커리큘럼을 만들다보니 시간을 잘 배분하고 집중력을 높일 수 있는 핵심 수단 중 하나가 교재라는 것을 알게 되었다. 여러 권의 교재로 레슨을 하다보니 학생은 매번 어떤 교재인지, 교재의 어디까지 진도를 나갔는지 헷갈려 했고, 진도 페이지나 프린트물을 찾다가 집중력이 깨지는 일이 종종 생겼다. 그 무렵 나는 레슨 방식이 궁금해 다른 교수님들에게 레슨을 받기도 했는데, 나 역시 레슨 내용이 대충 쓰여 있는 A4 용지 때문에 매번 헷갈렸다. 또 시중에 나와 있는 기존의 교재들로는 내가 만든 커리큘럼처럼 유연하게 상황에 따라 바꿔가며 레슨을 하기가 수월하지 않았다.

그래서 나는 직접 프로토 타입의 교재를 만들었다. 나의 커리큘럼에 맞게 만든 한 권의 교재로 레슨을 하니 집중력을 깨는 사소한 것들이 하나둘 없어졌다. 그렇게 몇 초, 몇 분의 시간을 아낄 수 있었다. 나만의 교재가 생기니 레슨 시간이 불규칙하더라도 복습과 진도의 균형을 어느 정도 맞출 수 있었다. 하지만 학생과 웃으며 대화를 하면서도 항상 시간 배분은 철저히 해야 했다.

내가 만든 교재와 커리큘럼으로 도움을 주지 못했던 레슨생도 많다. 레슨을 하며 몇 번은 실패도 했고, 또 몇 번은 괜찮은 결과를 만들었다. 잘 가르치지 못했을 땐 너무 속상했고, 예전에 기타를 배우며 힘들어했던 학생이 나를 만나고 내 커리큘럼 덕분에 기타를 재미있게 연주하게 되었을 땐 매우 기뻤다.

＊개인 레슨 커리큘럼 만들기

1) 학생이 어려워하는 모습을 보여도 첫날에는 끝까지 진도를 나간다.

2) 두번째 레슨에서는 첫번째 레슨 내용을 처음부터 끝까지 반복한 후에 진도를 나간다. 그러므로 두번째 레슨 내용은 최대한 짧게 만든다.

3) 세번째 레슨 때부터 학생과 최대한 호흡을 맞춘다. 학생이 어려워하는 게 무엇인지 질문하고 시간을 투자해 귀기울여 들어본다. 그중 당장 해결할 수 있는 문제들이 있다면 한두 가지 정도 해결한다. 이때 왜 한두 가지만 해결하고 넘어가는지 학생에게 말해주고 이해시켜 주는 게 중요하다.

4) 네번째 레슨에서는 처음부터 세번째 레슨까지의 내용을 반복한 후 진도를 나간다. 학생이 이해한 것은 빠르게, 이해하지 못한 것은 하나하나 짚어가고 그래도 습득하지 못하는 것은 넘어간다.

이런 방식으로 교재의 챕터를 나누고 커리큘럼을 만들어갔다. 학생들에게 기타라는 악기를 더 잘 가르쳐야 한다는 소명의식 때문이었는지 나는 보다 좋은 커리큘럼을 만들기 위해 노력했다. 만드는 과정은 힘들었지만 커리큘럼이 하나씩 완성될 때면 행복해졌다. 예전보다 학생들에게 기타를 더 잘 가르칠 수 있겠다는 생각에 레슨 전 입가에 절로 미소가 지어졌다.

방과 후 수업

(학생들은 열 명이 훌쩍 넘는데, 선생님 혼자서 출석 체크하고, 오지 않은 학생들은 왜 못 왔는지 확인하고, 기타 튜닝해주고, 레슨 진도 나가고, 교실 뒷정리하고…… 방과 후 수업은 내가 해본 레슨 중 가장 정신없고 어려웠다.)

학생들에게 음악을 가르치러 학교에 가면 학교 곳곳에서 여러 추억과 선생님들이 떠오른다. 상담실을 지날 때면 춤은 나중에 대학 가서 추라고 했던 상담 선생님이, 교장실을 지날 때면 머리에 젤을 발랐다며 후배들 앞에서 내 뺨을 사정없이 때렸던 교장 선생님이, 교무실에 들어가면 CD 플레이어와 이어폰을 압수해서 놓아두었던 담임 선생님의 책상과 CD 플레이어를 들고 두 팔을 올린 채 벌을 섰던 내 모습도 생각난다. 학교와 선생님들에 대한 좋은 기억도 많은데 적다보니 안 좋았던 것들만 생각난다. 그때 교무실을 오가는 선생님들이 내 머리를 한 대씩 때리거나 내게 한마디씩 하며 지나갔던 기억도 난다. 근데 왜 CD 플레이어를 그렇게 자주 압수했는지는 기억이 가물가물하다. 아마도 수업 시간에 음악을 들어서 그랬던 거 같다.

춤을 추면 가난해진다던 수학 선생님, 좋아하는 게 있다는 것이 가장 좋은 거라던 물리 선생님, 무심한 듯 "잘 좀 해봐" 하며 출석부로 내 엉덩이를 툭 치던 체육 선생님…… 10년이 더 지났는데도 선생님들의 말과 행동이 기억나는 게 신기했다. 학생들이 내게 "선생님, 선생님" 하며 이런저런 엉뚱한 질문을 계속할 때면 어린 시절 선생님께 관심받고 싶어했던 나와 내 친구들의 모습도 생각난다. 좋아했던 선생님, 싫었던 선생님, 나를 귀여워했던 선생님, 나를 자주 때렸던 선생님, 나를 응원했던 선생님, 나를 무시했던 선생님…… 학교 곳곳을 지날 때마다 흐릿흐릿하지만 기억이 났다.

'학생들은 다 기억한다.'

방과 후 수업을 하는 교실로 들어가기 전 말과 행동을 더 신중하게 하자 다짐한다. 아이들은 내가 들어오거나 말거나 자신들만의 세계에 빠져 있다. 난 아이들에게 인사를 하고 출석을 부른다. 오늘 오지 못한 친구들의 사유를 아이들에게 들어서 적고 출석만 불러도 벌써 내 에너지의 30퍼센트는 사용된다. 열 명이 넘는 아이들에게 기타를 가르치는 일에 남은 에너지를 모두 다 사용한다. 어제 조금 남은 에너지와 내일의 에너지까지 끌고 와 그날의 방과 후 수업을 아무 사고 없이 마친다.

어느 날 아이들이 흩트려놓은 책상과 의자를 정리하고 교실 청소를 한 후 문을 나서려는데 교실 문이 다 잠겨 있었다. 아이들이 일부러 밖에서 문을 잠가 안에서 열 수 없었던 것이다. 창문으로 기타를 먼저 넘겨두고 창문틀을 잡고 다리를 쭉 빼서 겨우 빠져나왔다. 두 손을 뻗고 두 다리를 뻗으며 내가 빠져나오는 모습을 보면서 아이들은 키득키득 낄낄거리더니 도망갔다. 수업 시간에는 무슨 말을 해도 나 몰라라 떠들던 녀석들이었다.

그 아이들은 수업 시간에 항상 사탕을 먹고, 핸드폰을 만지고, 이어폰을 끼고 딴 짓을 했다. 내 핸드폰을 숨긴 후 비밀번호를 풀려고도 했다. 내 핸드폰에 저장된 연예인 레슨생의 번호를 몰래 찾아서 전화번호를 외운 후 내가 보는 앞에서 전화 걸어 나를 당황시켰다. 아이들은 그렇게 나의 관심을 끈다. 이 개구쟁이들과 친해지는 것이 세상에서 두번째로 어려운 일일 정도였다. 하지만 난 한 번도 화를 내지 않았다. 잘한 걸까? 화를 내지 않았으니 좋은 선생님일까? 나중에 아이들이 어른이 되어서는 날 어떤 선생님으로 기억할까? 바보?

학생들이 어른이 되어 나를 '기타를 잘 가르쳐주려고 노력했던 선생님'으로 기억했으면 좋겠다는 생각을 했다.

> **"**
> ## 기타는 기본기가 중요할까,
> ## 아니면 재미가 중요할까?
> **"**

취미로 기타를 배우러 온 학생들을 가르칠 때면 '크로
매틱(왼손의 각 손가락으로 기타 지판의 프렛을 한 칸씩 옮
겨가며 오른손 손가락 또는 피크로 피킹)' 연습을 시킬지
말지 항상 고민하게 된다. 크로매틱을 배워본 사람들
은 알겠지만 레슨 때 메트로놈에 맞춰 크로매틱 연습을
하고 있으면 '난 기타를 배우러 온 건데 이게 뭐 하는 건
가?', '이 시간에 펑키 리듬이나 다른 멋진 곡을 배우고
싶다' 같은 생각을 몇 번이고 하게 된다. 나에게도 그런
시간들이 있었기에 그 마음이 어떤지 안다.

바쁜 시간을 쪼개 기타를 배우러 온 학생들은 종종
자신은 기타리스트가 되고 싶은 게 아니라며 크로매틱
연습은 하고 싶지 않다고 이야기하곤 한다. 학생이 하고
싶지 않다고 하면 나도 굳이 연습시키지 않는다. 크로매

틱을 억지로 연습시키면 보나마나 금방 레슨을 그만둘 것이 뻔하기 때문이다.

특히 아이돌 가수들에게 기타를 가르칠 때면 크로매틱 연습을 시킬지에 대해 더더욱 고민한다. 사람들에게 음악을 들려주는 게 그들의 직업이므로 꼭 필요하다는 생각도 하지만 세상 제일 바쁜 사람들이기에 기타를 가르칠 때면 매번 깊은 고민에 빠지게 된다.

YG 소속의 아이돌 A와 B를 가르쳤을 때도 크로매틱을 가르칠지 말지 선택해야 했다. A 학생과 B 학생 모두 기본기가 필요하다 생각되어 고민 끝에 크로매틱을 가르치기로 결정했고, 몇 달 동안 레슨 때마다 일정 시간 크로매틱을 같이 연습했다. 역시 두 명 다 크로매틱 연습을 지겨워했다.

B 학생은 A 학생보다 박자 감각이 좋았지만 크로매틱 연습은 더 힘들어했다. 아마도 단기간에 뚜렷한 결과를 보여줘야 하는 환경이 B 학생에게 압박이 되었던 것 같다. B 학생은 점점 크로매틱 연습에 집중하지 못했고, 심지어 기타 레슨에도 흥미를 잃어가는 듯했다. 그래서 어쩔 수 없이 크로매틱 연습을 커리큘럼에서 빼고 그 시간에 B 학생에게는 기타로 작곡을 하는 방법을 가르쳤

다. 그게 재밌었는지 B 학생은 다시 기타 레슨에 흥미를 보였다.

A 학생에게도 레슨 때마다 크로매틱 연습을 시키는 것이 쉽지 않았다. 하지만 A 학생은 펜타토닉을 사용해 솔로를 연주하고 싶어했고, 크로매틱 연습 후 예전보다 박자 감각도 좋아지고 있었기 때문에 그 연습을 포기할 수 없었다.

그래서 지겨워하지 않도록 최대한 짧은 시간 안에 스트레이트, 바운스, 3연음을 섞어서 연습할 수 있도록 하나의 패턴을 만들었다. 하지만 A 학생은 몇 달 후 기타 레슨을 그만두었다. A 학생 역시 주어진 시간 안에 결과를 보여줘야 하는 아이돌이었다. 결국 내 소신대로 끝까지 크로매틱을 가르쳤던 A 학생은 기타를 그만두었고, 그 시간에 작곡을 배운 B 학생은 몇 년이 지난 지금까지도 나와 기타를 치면서 기타라는 악기와 함께하고 있다. 음악을 '오래오래', '재미있게', '잘' 하기를 바랐기에 크로매틱 연습을 시킨 것이었지만 A 학생에게는 결과가 반대로 나와버렸다.

요즘 크로매틱의 중요성을 예전보다 더 많이 느끼기 때문에 학생들이 크로매틱 연습을 꼭 했으면 하는 바람이 있다. 하지만 한정된 시간 안에 노래 한두 곡을 기타로 치고 싶어하는 학생들을 만나면 크로매틱을 꼭 가르쳐야 할지 다시 고민하게 될 것 같다.

크로매틱을 연습하면 독립적으로 손가락을 움직여야 하므로 손가락 하나하나의 힘이 길러진다. 왼 손가락으로 줄을 누르는 속도와 오른 손가락으로 줄을 탄현하는(튕기는) 속도가 비슷해져 전반적으로 연주의 정확성이 좋아진다. 또 코드를 잡고 '스트로크(기타의 모든 줄을 한 번에 치는 것)' 연주를 할 때도 안정감이 생긴다. 그래서 난 학생들이 손톱을 짧게 잘랐는데도 곡을 연습하다 코드 소리가 정확히 나지 않거나 리듬감이 무너질 때면 크로매틱 연습을 해보라고 권한다.

크로매틱 연습은 빠른 속도로 하는 것도 중요하다. 계속 같은 속도로 연습하는 것보다 메트로놈 속도를 60에서 점점 높여가며 120까지 연습하는 게 효율적이다. 또 3연음 4연음을 섞어가며 연습하면 박자감도 좋아지고, 연습 효과가 커진다.

"'아이돌'이라는 이름에 가려진 예술가

99

내가 가르친 아이돌 중 A 학생은 기타 연주를 무척 좋아했다. 내 제자들 중 다섯 손가락에 꼽을 정도로 기타에 진심이었다. 하지만 그렇게 기타를 좋아했음에도, 또 오랫동안 배웠음에도 좀처럼 실력이 늘지 않던 학생 중 한 명이기도 했다.

실력이 늘지 않은 이유를 정확하게 말할 수는 없지만, A 학생 본인의 말처럼 기타에 소질이 없어서는 아니었다. A 학생은 겸손해서 그런지 자신이 뭔가를 배우는 일에 재능이 없다는 말을 자주 했지만, 나는 음악에 대한 A 학생의 가능성과 자주 마주했다. 문제는 그 가능성을 매번 레슨 막바지에 봤다는 것이고, 레슨이 몇 개월마다 중단되고 다시 시작되었다는 것이었다.

뭔가 좀 될 만하면 스케줄 때문에, 몇 개월 후 또다시 시작된 레슨이 탄력이 붙어 이번에는 정말 뭔가 될 만하면 카메라가 들어와 집중하지 못하도록 했다. 다시 시작한 기타 레슨에서 자신이 좋아하는 음악을 기타로 연주하며 자신만의 음악적 세계로 빠지려 할 때면 A 학생은 누군가에게 보여줄 다른 곡을 연습해야 했다. 자신의 팀이든 기획사 관계자든 팬이든 누군가에게 기타 연주를 보여주고 들려줘야만 하는 상황이 생겼고, 그래서 고른 곡들은 안타깝게도 당시 A 학생의 기타 실력으로는 소화하기에 버거웠다. 한두 번의 레슨으로 해낼 수 있는 것이 아니었다. 적어도 한두 달은 필요했다. 하지만 A 학생은 빡빡한 스케줄 때문에 레슨을 받지 못할 때가 많았다. 결국 A 학생은 자신이 연주하고 싶어했던 곡을 완성하지 못하고 다른 곡을 방송에서 연주했고 그러면서 기타 레슨도 한동안 중단되었다.

몇 달 뒤에는 A 학생에게서 다시 전화가 왔다.

"기타 레슨을 받고 싶어요. 연주하고 싶은 곡이 있어요."

그렇게 다시 기타 레슨이 시작되었지만 이번에도 예전과 마찬가지였다.

나에게 기타를 배우러 오는 학생들 중에는 누군가에

게 자신의 기타 연주를 들려주고 싶어하는 사람도 있고, 기타를 연주하며 스스로를 위로하며 살아가고픈 사람도 있다. A 학생은 자신에게 좋아하는 음악을 연주해주고 싶어한 쪽이었다.

A 학생이 연주하고 싶어하는 음악들을 카피하며 나는 A 학생의 여리여리한 감수성을 느낄 수 있었다. 덕분에 내 마음도 말랑말랑하게 만드는, 취향 저격하는 새로운 곡들도 많이 알게 되었다. A 학생은 좋아하는 음악이 확실했다(A 학생이 방송에서 보여주는 음악들과는 성향이 많이 달랐다). A 학생은 그 음악들을 깊이 있게 알고 싶어했다. 음악을 들으며 무언가를 골똘히 생각하고 질문하는 모습을 대하면 가끔 나보다도 더 예술가 같아 보였다.

배우 정우성이 얼굴에 연기가 가려진 케이스라는 말처럼 A 학생도 아이돌이라는 이름에 가려진 예술가 같다는 생각도 들었다. 얼굴이든 패션이든 헤어스타일이든 여전사 콘셉트든 겉으로 보이는 것들과는 다른 A 학생의 또다른 모습을 볼 수 있었다.

요즘에는 방송에서 A 학생이 기타를 연주하는 모습은 볼 수 없다. 하지만 A 학생의 주변에서 A 학생의 기타가 잠깐잠깐 비쳐 반가운 마음이 들었다. 다행이었다. 아직도 A 학생 옆에는 '자신이 외롭고 우울할 때 친구가 되어준다는' 기타가 있다.

레슨이 끝나고 난 뒤

오랜만에 지인의 결혼식에서 예전에 나에게 레슨을 받았던 친구와 같이 밥을 먹게 되었다. 좋은 시간을 보내고 집으로 돌아오면서 문득 '왜 우리의 대화에 기타 이야기는 하나도 없었지'라는 생각이 들었다. 그 친구는 이제 기타를 연주하지 않는 것 같았다. 나를 배려하느라고, 사적인 자리라 괜히 귀찮게 하지 않으려고 기타 이야기를 하지 않았나 싶기도 했다. 하지만 생각해보니 몇 달 전 우리집에서 집들이 겸 파티를 할 때도 기타 이야기는 하지 않았다. "그 친구는 요즘 기타 안 친대?" 아내와 친한 친구라 혹시 아는지 아내에게 물어봤다. 아내도 모른다고 했다. 그 친구의 삶에서 기타가 사라져버렸는지, 아직 기타를 연주하고 있는지 궁금했다.

　　나에게 기타를 배웠던 학생들 중에 기타를 계속 연

주하며 자기 삶의 한 부분으로 만든 친구는 그리 많지 않다. 예전에는 선생인 내가 무언가 부족해서 그렇게 된 거 같다고 생각하기도 했다. 그래서 일부러 학생들에게 전화도 하고 카톡도 하며 무엇이 어려운지 물어보기도 했다.

몇몇 레슨생들은 꽤 길게 카톡과 문자로 답을 보내왔다. 시간도 없고, 연습할 장소도 없고, 같이할 친구도 없고, 어떻게 해야 일상에서 계속 기타를 연주할 수 있을지 모르겠다는 내용이었다. 유튜브도 찾아보고, 이것저것 해보려 했지만 엄청나게 많은 영상들과 정보의 홍수 속에서 오히려 흥미를 잃고 기타를 잡는 횟수가 점점 줄어들었다고도 했다. 다시 기타를 배우러 집 앞 학원에 다닌다는 학생도 있었다.

나에게도 기타 레슨을 그만두고 몇 개월이 지나 혼자서는 너무 어렵다며 다시 레슨을 받으러 오는 학생들이 있었다. 레슨을 그만둔 뒤 혼자서 기타 연주를 이어가는 건 정말 어려운 일인 듯했다. 특히 기혼이거나 아이가 있는 경우라면 더더욱 어렵겠다는 생각이 들었다. 심지어 기타 레슨이 직업인 나도 이런저런 일들로 기타를 잡지 못하는 날이 있을 정도니 말이다.

〈슬기로운 의사생활〉이라는 드라마에서처럼 친구들이나 직장 동료들과 밴드를 만들어 매주 다른 음악을 카피하고 합주한다면 얼마나 좋을까 싶지만, 주변에 엄청나게 잘사는 친구도 없고, 집에 합주실이 있는 친구도 없는 게 현실이다. 자신의 능력이 드라마의 주인공처럼 그렇게 대단하지도 않고, 문제가 생겼을 때 드라마에서처럼 주변 사람들에게 도움을 받을 수 있는 것도 아니다.

어떤 문제가 생기면 모두 내 손으로 해결해야만 한다. 하나를 해결하면 또다른 문제들이 자신을 기다리고, 밥 먹을 시간도 없이 일하다보면 저녁에는 녹초가 되어 있다. 나도 너무 고되고 피곤한 날이면 아무 생각도 하기 싫어 TV를 켤 때가 있다. 예능을 보며 한 번이라도 더 웃고 편하게 소파에 앉아 있는 게 기타를 연주하는 것보다 정신 건강에 더 좋을 수 있겠다는 생각도 했다.

그럼에도 불구하고 나는 나의 레슨생들이 악기를 자신의 삶 속에 두고 가까이했으면 한다. 자신이 좋아하는 악기를 연주하고, 자신이 좋아하는 노래를 부르다보면 자신의 몸과 마음이 어떤 상태인지 알게 된다.

소음 가득한 일상 속에서 퇴근 후 집에 돌아와 TV로 향하는 그 일상을 반복하기보다는 일주일에 한 번쯤이라도, 잠깐 동안이라도 악기를 연주하며 또다른 세상과 마주했으면 한다.

＊레슨이 끝나고 난 뒤에도 기타를 계속 치려면……

한두 달 짧게 기타 레슨을 받았거나, 배움에 대한 욕심이 강하다면 책이나 유튜브를 보며 독학하기보다 실용음악학원에 다니는 걸 추천한다. 학생들을 가르쳐보니 학생들은 복잡한 이론이나 어려운 기술이 아니라 어떤 방향을 잡고 무엇을 연습해야 할지 모르기 때문에 고민한다는 것을 알게 되었다.

유튜브나 책을 찾아보며 중구난방으로 연습하다보면 정작 자신에게 정말 필요한 연습을 해야 할 때 에너지가 없어 대충 하게 된다. 그러면 시간이 흐를수록 실력은 늘지 않고 스트레스만 쌓인다. 욕심이 나고 급할수록 자신에게 맞는 제대로 된 커리큘럼에 따라 자신이 소화할 수 있는 만큼 진도를 조절해야 한다. 실용음악학원을 다니면 선생님이 그 문제들을 해결해주고, 또 집에서 가까운 곳에 있는 학원이라면 연습실 문제도 어느 정도 해결된다.

선생님을 잘 만나는 것도 중요하다. 취미 레슨을 원

하는데, 입시를 전문으로 하는 선생님을 만나서는 안 된다. 자칫하면 음악이 싫어질 수도 있다. 또 입시 레슨을 받아야 하는데 자신을 즐겁게 해주는 선생님만 찾는다면 재수 삼수를 넘어 나중에는 입시를 포기하는 일이 생길 수도 있다.

실용음악학원에 등록하기 전에 선생님의 프로필을 찾아보고 학원을 방문해서 상담원에게 선생님의 성향을 물어본 후 선택하는 것도 방법이다. 사람은 겪어봐야 안다고 배워보지 않고 자신에게 맞는 선생님을 만난다는 게 복불복이긴 하다. 나의 경우 꽤 잘 맞았던 선생님이 있었고, 그 선생님께 오랫동안 기타를 배웠다. 그 선생님을 너무 늦게 만났다는 게 아쉬웠다.

중학교 2학년 때 만났던 기타 선생님은 나와 가장 잘 맞지 않았다. 선생님은 레슨 도중 담배를 피우러 자주 밖으로 나가셨는데, 항상 두 손에 믹스커피 두 잔을 들고 들어오셨다. 나중에 자세히 보니 하나는 진짜 커피였고, 하나는 재떨이로 사용하는 종이컵이었다.

선생님은 기타를 들고 있는 나를 뒤에서 안고 기타를 가르쳐주셨는데, 그때마다 담배 냄새가 너무 심하게 나서 집중을 할 수가 없었다. 가끔씩 내 얼굴에 닿는 선생님의 턱수염도 따가웠다. 두 달 정도 배우다 레슨을 그만두었고, 그후로 오랫동안 기타를 배우지 않았다.

레슨을 받으며 좋았던 기억들이 하나도 없었기에 그후 다시 기타를 배울 생각조차 하지 않았다. 기타라는 악기를 처음 배웠을 때 나와 잘 맞는 선생님을 만났더라면 어땠을까 생각해본 적이 있다. 자신에게 맞는 선생님만 만나도 반은 성공인 것 같다.

만약 학원 다닐 시간이 없어 유튜브를 찾아보며 이것저것 해보았지만 실력이 잘 늘지 않아 고민이라면 유튜브 유료 멤버십 레슨을 추천한다. 우리 모두 다 알고 있듯 무언가를 잘하고 싶고, 빨리 해결하고 싶을 때는 과감히 돈과 시간을 투자해야 한다. 예전에 나는 자격증 공부나 영어 공부를 할 때 레슨비를 아끼려고 무료 레슨을 찾아다녔다. 하지만 나에게 맞는 커리큘럼을 찾으려면 너무 많은 시간과 노력이 필요했고, 또 그런 커리큘럼을 찾아도 중요한 부분을 보려면 돈을 내야 했다. 그때 유료 결제를 하고 계속 수업을 들었다면 좋았을 텐데, 많은 시간을 투자한 게 아까워 다시 다른 무료 레슨을 찾았다. 하지만 다른 콘텐츠 역시 어느 정도까지만 무료였고, 또 다른 커리큘럼으로 바꾸면 중간중간 흐름이 끊겼다. 결국 유료로 레슨을 받았는데 돈을 쓰지 않으려다 아까운 시간만 더 허비한 듯해 후회가 되었다.

무조건 유료 레슨만이 정답이고 계속 유료 레슨만 들어야 한다는 이야기는 아니다. 학원이나 유료 레슨으로 뼈대를 잡고, 자신의 머릿속에 어느 정도 커리큘럼이 정리되면 그다음부터는 이런저런 무료 레슨을 찾아봐도 괜찮다. 무료 레슨만 봐왔던 학생들은 유료 레슨과 비교되는 부분을 캐치할 수도 있다. 유료 레슨을 받고 나서 무료 레슨 콘텐츠를 보면 무료 레슨 영상을 볼 때 왜 항상 2프로씩 부족한 듯한 느낌이 들고 뭔가 채워지지 않은 듯했는지 알게 된다. 정말 중요한 것은 절대 무료로 가르쳐주지 않는다.

난 요즈음 일렉 기타의 전반적인 것들을 정리하면서 조필성의 'cho pilsung Awesome Show TV'를 자주 본다. 일렉 기타를 조금 더 알고 싶고 일렉 기타를 학생들에게 어떻게 가르치는지 궁금해 유료 멤버십 가입도 했다. 유료 멤버십 가입 후 시간이 날 때마다 레슨 영상을 보며 연습해보니 확실히 효과가 있었다.

기타 이펙터나 이런저런 사운드에 대해 궁금할 땐 '사운두들' 채널 영상을 찾아본다. 연주자가 직접 사용해보며 연구하는 콘텐츠로 페달보드를 짤 때도 참고가 많이 된다. 기타 지판에 대한 것이나 기타 스탠드에 대한 것 등 가볍게 볼 수 있는 유용한 영상들이 많아서 잠깐씩 쉴 때나 커피 한잔할 때도 자주 본다. 며칠 전에는 '나만의 것'이라는 영상을 봤는데 "본질적으로 아름다운 것은 내가 오랫동안 사용해서 나의 손이 가는 길이 보이는 악기"라는 말이 참 좋았다.

물감으로 앰프를 칠하는 모습을 보니 실에 유한락스를 묻혀 청바지에 내 마음대로 워싱을 하던 어릴 적 내 모습도 떠올랐다. 요즈음 나는 성향이 많이 바뀌었는지 순정 그대로 사용하는 걸 좋아한다. 악기든 차든 무엇이든 순정이 좋다. 하지만 피크가드나 노브를 바꾸는 모습이 재미있어 보여 나도 한번 해볼까 싶기도 했다.

재즈 기타를 제대로 한번 배워보고 싶다는 생각을 하다가 재즈 기타 릭(lick)이라도 많이 외워두자 싶어 예전에 가끔 보았던 '1 Day 1 Lesson' 박경수 님의 강의를 요즘 다시 찾아서 보고 있다. Maj7 릭, Min7 릭, Dominant7 릭 등 2분 정도의 짧은 영상으로 정리가 잘 되어 있어서 시간이 날 때마다 하나씩 외우고 있다.

이외에도 미스터리 기타, 기타리스트 이정훈, 전무

진의 말랑기타, Fungusguitar 등을 가끔 찾는다.

'나에겐 포기란 없다'보다, '포기는 빠를수록 좋다'보다, '안 되는 연주는 포기하는 것도 괜찮다'라는 마인드로 기타를 연주해보자. 난 지금도 잘되지 않는 주법과 연주를 틈틈이 연습하다가 '안 되는구나……' 하며 하나둘씩 포기하고 있다.

하지만 중요한 건 오늘도 음악과 함께하는 삶을 포기하지 않고, 기타를 치고, 노래를 부르며, 음악을 즐기고 있다는 것이다. 나도 예전에는 내가 멋있다고 생각하는 천재들과 자신을 비교하며 기타 연습을 하기도 했지만, 그건 기타에 흥미를 떨어뜨리는 지름길이었다. 지금은 그 천재들도 내가 잘 연주하는 걸 나처럼 하지 못할 수도 있다는 생각을 하며, 내 것으로 만들고 싶었던 그 천재들의 멋진 연주를 놓아주고 있다.

혹시 방구석에 놓인 기타 가방에 먼지만 쌓여가고 있다면, 사소한 주법 하나에 막혀 너무 빨리 포기했다면, 어려운 연주만 연습하다가 "음악은 아무나 하는 게 아니야" 하며 음악과 함께하는 삶을 포기했다면 다시 생각해보자.

그 주법을 소화하지 못한다고, 그 연주를 못 한다고

해서 달라지는 건 생각보다 많지 않다. 하지만 그 때문에 음악을 연주하지 않거나 음악을 자신의 삶과 가까이 두지 않는다면 생각보다 많은 것이 달라진다.

쉽게 포기한 거 같다면 다시 한번 집요하게 도전해보고, 몇 번을 시도했는데도 할 수 없다면 그 연주는 포기하자. 도전하거나 포기하는 게 말처럼 쉽지는 않겠지만, 용기를 내 한 발짝 앞으로 나가거나 욕심을 버리고 한 발짝 뒤로 물러서면 어려워 보였던 문제들도 의외로 금방 해결할 수 있다. 실타래처럼 꼬여 있던 문제들이 풀리면 음악으로 할 수 있는 재미있는 것들이 주변에서 보이기 시작한다.

예를 들자면 수십 가지겠지만 친구들과 와인을 마실 때, 사랑하는 사람에게 프러포즈를 준비할 때, 부모님 생신에 가족들과 생일 축하 노래를 부를 때, 자신의 이야기를 노래로 만들고 싶을 때…… 기타로 할 수 있는 재밌는 것들은 너무나 많다.

또 자신이 기타로 직접 연주하는 음악은 자신뿐만 아니라 주변 사람들의 시간까지도 특별하게 만들어준다. 그저 그런 시간들도 음악과 함께하면 추억할 수 있는 시간들로 바뀐다. 배스킨라빈스 아이스크림을 골라 먹

듯 블루스, 펑키, 보사노바, 록, 재즈, 포크 등 디테일하게 음악을 골라 듣는 재미도 느낄 수 있다. 좋아하는 장르의 음악이 생기면 보물을 찾은 것처럼 환호하게 되고 음악을 찾아 듣는 취미도 가질 수 있다. 악기 하나를 잘 다룰 수 있을 때 삶이 얼마나 달라질 수 있는지 알기에 이것저것 모아모아 써보았다.

음악은 자신 안에 있는 이야기들을 꺼내볼 수 있는 아주 좋은 도구다. 기타라는 악기는 당신이 음악과 함께 하고 싶을 때 음악과 속깊은 이야기를 나눌 수 있도록 도와줄 것이다. 기타가 옆에 있다면, 용기 내 기타 가방을 열어보자.

빌런과 맞서 싸우며 음악 하기

꼬마 빌런

고등학생 때 취미로 피아노를 배웠다. 전철로 세 정거장 거리에 음악을 전문적으로 가르치는 실용음악학원이 있었지만, 피아노로 대학 입시를 준비하는 것도 아니었기에 집에서 가장 가까운 동네 피아노 학원에 등록했다. 입구에 들어서면 왼쪽에 선생님이 아이들을 가르치는 그랜드 피아노가 있었고, 입구 앞으로는 ㄱ자 모양으로 연습실들이 앞뒤로 붙어 있었다.

그 학원에는 초등학생들이 많았다. 초등학생들은 궁금증이 많았다. 몇몇 붙임성 좋은 아이들은 내가 들고 있는 노란색 바이엘 교재와 동요집을 보고 자신도 예전에 이것을 배웠다며 내게 말을 걸었다. 아니, 말을 하고 지나갔다. 아니, 지나가며 말을 했다.

그랜드 피아노에 앉아 선생님께 레슨을 받고 있으면 개방된 장소 때문에 물을 마시러 나온 학생이나 화장실에 가던 학생들이 내가 선생님께 무엇을 배우는지, 무엇을 잘 못해서 혼나는지 알 수 있었다. 선생님은 내가 악보대로 정확하게 연주하지 못할 때마다 들고 있던 모나미 볼펜으로 내 손등을 때렸다. 어떤 땐 손가락을 맞기도 했는데, 손등을 맞았을 때보다 더 오랫동안 얼얼했다. 볼펜으로 손등이나 손가락을 맞을 때마다 아픔을 느끼기에 앞서 그 모습을 누군가 보고 있지 않은지 오른쪽으로 고개를 돌려 주변을 살폈다.

중학생 시절 기타를 배웠을 때처럼, 이번 피아노 선생님께 레슨을 받으면서도 뭔가 잘못 왔다는 생각이 들었다. 하지만 이미 레슨비를 낸 상태였다. 난 내가 틀리지만 않으면 손등을 맞지 않을 수 있으니 열심히 연습하면 해결될 문제라고 생각하기로 했다. 또 피아노를 배워보고 싶다며 엄마를 졸라서 시작한 것이었기에 괜한 핑계 대지 않고 열심히 해보고 싶었다.

나는 집중해서 바이엘과 동요를 연습했다. 그래서 다음 레슨 때는 손등을 한두 대밖에 맞지 않았다. 그다음에는 한 대도 맞지 않고 레슨을 끝마쳤다. 손등을 맞지 않고 피아노 연습실로 들어오니 세상 어려운 무언가를 해낸 것 같아 날아갈 듯 기뻤다. 그렇게 몇 주 동안 손등 몇 대로 레슨을 무사히 마쳤다. 하지만 나는 다음달에도 이 학원을 다닐지 말지 고민해야 했다. 정말 황당한 건 그 이유가 선생님 때문이 아니라 앞 연습실에서 피아노를 치는 초등학생 여자아이 때문이었다는 것이다.

앞 연습실 꼬마는 내가 친 동요와 바이엘을 똑같이 따라 쳤다. 처음에는 앞 연습실에서도 나와 같은 곡을 연습하는 줄 알았다. 하지만 돌림 노래처럼 내 노래를 따라 연주한 뒤 '딴따단따 딴다단따 딴다 다다다 딴다 다다다' 멜로디를 연주하는 걸 듣고 피아노로 서투른 나를 놀린다는 걸 알 수 있었다.

나는 레슨을 마치면 옆 연습실이나 앞 연습실에 그 꼬마가 있는지 확인하고, 그 꼬마가 있는 연습실과 최대한 멀리 떨어진 연습실로 들어갔다. 하지만 다른 연습실이 꽉 찬 날에는 어쩔 수 없이 그 꼬마가 있는 연습실 앞방에서 연습을 해야 했다. 그럴 때마다 집중이 잘되지 않았다.

그 꼬마 앞 연습실에서 연습하는 날이면 다음 레슨 때 선생님께 손등을 맞는 일이 잦아졌다. 하루는 화가 나

반대편 그 꼬마의 연습실 문 바로 앞까지 갔다가 몇 번을 다시 돌아왔다. 이런 일로 꼬마한테 화를 내면 내가 더 우스워질 것 같아 참았다. 그날 밤 잠을 자려는데, 갑자기 너무 화가 났다. 만약 그 꼬마가 다시 내 연주를 따라 하면 우스워지든 말든 진짜로 화를 내야겠다고 마음먹었다.

그렇게 마음을 먹고 학원에 간 날 그 꼬마는 내가 오늘 화를 내리라는 걸 안다는 듯 내 연주를 따라 하지 않았다. 그리고 며칠 후 내가 그 감정을 잊어갈 때쯤 누군가 내 연주를 잠깐잠깐 따라 했다. 반대편 연습실 바로 앞까지 가보니 친구 한 명과 같이 있는 그 꼬마가 보였다. 피아노 앞에는 다른 아이가 앉아 있었다. 그 꼬마는 연습실 안에서 슬며시 나를 보며 웃었다. 그 꼬맹이는 내가 화를 내기도 뭐하고 안 내기도 뭐한 애매한 상황을 즐겼다. 레슨 때 선생님께 손등을 맞다가 결국 난 피아노 학원을 그만두게 되었다.

내가 살았던 곳이 서울 변두리라서 그랬는지 아니면 뽑기 운이 없어서였는지, 내가 다녔던 음악 학원들에는 내가 음악과 친해지지 못하도록 막았던 빌런들이 꼭 한두 명씩 있었다. 나의 고향 공릉동에 대해 여러 가지

애증의 감정들이 교차하는 것도 내가 좋아하는 것들과 친해지지 못하도록 막았던 그 빌런들 때문이다.

악기점 빌런 1(뭐 그리 대단한 거라고……)

나에게 기타를 배우던 아이돌 친구에게 연락이 왔다. 기타 가게 직원이 자신을 무시한다고 했다. 성이 나 있었다. 이야기를 차분히 들어보고, 전화를 바꿔 달라고 했다. 그 직원은 귀찮다는 듯 전화를 받더니, 나에게도 자신의 이펙터 지식을 뽐냈다. 마치 자신은 초보였던 적이 없던 것처럼…… 이펙터를 사러 온 사람이라면 이펙터에 대해서 이 정도는 알고 있어야 한다고 했다.

나도 그 직원과 더 말을 섞기 싫어 드라이브 계열 이펙터 한 개와 공간계 이펙터 몇 개를 추천해주는 걸로 서둘러 대화를 마무리하고 아이돌 친구와 다시 통화했다. 화가 나 있는 친구에게 저 사람은 너보다 나은 게 저것밖에 없어서 그러는 거라고 달래서 전화를 끊었다. 전화를 끊고 생각했다. 뭐 그리 대단한 거라고…… 설명 좀 잘해주지……

그때 난 KTX를 타고 지방으로 아이들을 가르치러 가는 중이었는데, 잠깐의 통화였지만 그 직원의 태도나 말투는 정말 임팩트가 강했다. 역방향 좌석에 앉아서 그런지 그 직원과의 통화 때문인지 속이 울렁거렸다. 순간 넬(NELL)의 〈Last Advice〉라는 노래가 생각나 이어폰을 끼고 그 노래를 들었다.

'그 유식함을 가장한 너의 몰상식함에 난 구토가 나 머리가 아파 역겨워서 미칠 것만 같아'

악기점 빌런 2(빌런 VS 히어로)

고장난 기타를 고치러 낙원상가에 갔다. 그 기타를 샀던 3층 악기점에 수리를 맡기려고 했는데, 사장님은 내가 들고 있던 기타를 쓱 보더니 고칠 수 없다고 했다. 버리든지 그냥 그 상태로 쓰든지 해야 한다고 말하고는 뒤돌아 다른 일을 했다. 재차 어떻게든 고칠 수 없냐고 물으니 자꾸 귀찮게 굴지 말라는 듯한 표정으로 고개를 절레절레 흔들며 안 된다고 했다. 내가 들고 있던 기타를 받아 살펴보지도 않고 대충 보고는 툭 던지는 말이나 무성의한 태도에 너무 기분이 나빴다.

웃기게도 한 층 내려가 예전에 이펙터를 샀던 매장에 가서 물어보니, 망설임 없이 고칠 수 있다고 했다. 의

외로 쉽게 고칠 수 있다는 말을 들으니 아까 그 사장님의 태도가 더욱 당황스러웠다.

2층 사장님은 나에게 기타를 어떻게 수리할지 설명해주셨다. 또 시간은 대략 얼마쯤 걸릴 거 같다며 "그때까지 악기 없이 괜찮겠어요?"라고 농담도 하셨다. 웃으시며 가볍게 던진 그 농담에 기분이 좋아졌다. 사장님의 친절한 설명과 따뜻한 말에 감동을 받았다.

'팔면 끝! 이제 나와 상관없어!' 하는 가게와 어떻게든 손님의 소중한 기타를 고쳐주려는 가게가 낙원상가 안에 공존했다. 관상은 과학이라는 말처럼 태도도 과학이라는 생각이 들었다. 악기를 어떻게 대하는지를 보면 그 사람도 보인다. 내가 만났던 두 사장님은 악기를 대하는 태도에서부터 음악을 얼마나 사랑하는지, 또 음악을 좋아하는 사람들을 얼마나 소중히 여기는지가 서로 전혀 달랐다.

음악 샤워

직장인이었던 적이 있다. 2018년의 일이다. 11개월 계약직이었지만, 아침에 출근하고 저녁에 퇴근하는 삶을 살았다. 직장은 도봉구 창동이었다. 나는 홍대 쪽에 살고 있었다. 출퇴근하는 데 왕복 두 시간이 조금 넘게 걸렸다. 아침저녁으로 출퇴근을 하며 가장 힘들었던 것은 일도 통근 거리도 아닌 주변의 소음들이었다.

아침에 버스를 타면 사람들 사이에 끼어 전화벨 소리, 통화 소리, 라디오 소리, 안내 방송 소리에 정신이 없었다. 버스에서 내려 지하철역으로 가는 길에는 여러 상점들의 스피커에서 당시 유행하던 노래들이 섞여 내 귀로 들어왔다. 지하철 계단으로 내려오는 내내 노랫소리는 계속 들렸고, 전철을 기다리는 중에도 그 멜로디가 내 귀에 자꾸 맴돌았다.

그래서 난 출퇴근을 할 때면 항상 귀에 이어폰을 꽂고 다녔다. 출근할 때는 버스에 타기 전 이어폰을 꽂고 그날 나의 기분과 날씨에 어울릴 만한 음악을 선곡했다. 음악을 한 곡 두 곡 듣다보면 아침의 붕 뜨는 감정도 조금 가라앉고 마음이 안정되는 듯했다. 이어폰으로 들려오는 좋아하는 아티스트의 음악들은 내가 보고 싶은 대로 세상을 볼 수 있게 해주고, 나만의 세상을 만들어주기도 했다. 힙합을 들을 땐 사람들이 잔뜩 화가 난 듯 보이기도 했고, 재즈를 들을 때면 왠지 사람들이 여유로워 보였다. 원래도 좋아했지만, 그때 한참 더 빠져 있었던 이소라의 노래를 들으면 웃고 있는 사람도 뭔가 서글퍼 보였다.

정류장에 설 때마다 보이는 사람들의 표정, 깜박이는 신호등에 횡단보도를 뛰어가는 사람들, 임대 안내 종이가 붙어 있는 빈 점포와 조각난 건물들, 그 위로 보이는 십자가, 하늘의 구름까지 영화나 뮤직비디오의 한 장면처럼 하나하나 특색 있게 보였다.

너무 급히 나와 이어폰을 챙기지 못한 날이면 없는 줄 알면서도 오른쪽 왼쪽 주머니와 가방을 뒤졌다. 그런 날에는 머피의 법칙처럼 옆에 앉은 사람이 계속 전화 통화를 했다. 전철을 내릴 때쯤에는 그가 어떤 사람인지, 어떤 일을 하는지, 무엇을 고민하는지, 알고 싶지 않은 것들까지도 알게 되었다. 퇴근길에는 지하철을 기다리며 가판대에 보이는 5000원짜리 칼국수 이어폰을 살까 말까 고민하기도 했다.

전철에서 내려 버스 정류장으로 가는 길에는 데자뷰처럼 여러 상점들의 스피커에서 음악들이 섞여 내 귀로 다시 흘러 들어왔다. 횡단보도에서 초록불로 바뀌기를 기다릴 때면 찢어진(자연 퍼즈 현상) 왼쪽 스피커와 볼륨이 엄청나게 큰(자연 오버드라이브+부스트) 오른쪽 스피커가 마치 SF 영화에 나오는 CG처럼 삼각파, 톱니파 방망이가 되어 내 귀와 뒤통수를 마구 때리는 것 같았다.

이어폰 없는 날은 거리의 소음들과 좋지 못한 음향 상태로 나오는 음악들이 '내 일상 속 음악'이 되었다. 그런 날에는 집에 들어오자마자 대자로 뻗었다. 잠깐 동안 불 꺼진 방에 조용히 있다가 시간이 조금 지난 뒤 기타를 들었다. 그리고 내가 좋아하는 곡을 한 곡 두 곡 연주했다.

기타를 놓고 침대에 눕자 머리맡에 그날 챙기지 못한 이어폰이 보였다. 아침에 또 깜빡하지 않게 지금 챙겨놔야지 했지만 움직일 힘이 없었다. 깔끔한 체하는 나지만, 샤워를 할 힘이 없어, 오늘은 음악으로 마음을 씻었다 생각하며 잠이 들었다.

버스킹

오랜만에 홍대 거리를 걷고 싶어 놀이터 등 이곳저곳을 혼자서 돌아다녔다. 작은 상점들이 즐비했던 홍대 거리는 큰 건물들이 들어서면서 강남과 비슷한 모습이 되어 있었다. 예전 친구들과 자주 갔던 카페와 추억이 많았던 가게들이 거의 다 사라지고 없어 아쉬운 마음이 들었다.

많이 변했다는 걸 모르고 온 것도 아닌데, 막상 홍대 거리를 걸으니 없어진 가게처럼 내 추억들도 같이 사라져버린 것 같아 속상했다. 예전 친구들과 가끔 버스킹을 하던 곳은 이제 존이 나뉘어 여러 팀이 체계적으로 쓰고 있었다.

공연을 보기 위해 동그랗게 원을 그리고 선 사람들의 맨 앞 열에는 열성팬으로 보이는 아이들도 있었다. 그 옆 큰 안내판을 보니 요일과 시간이 적혀 있었다. 항상

이 시간에 버스킹을 하는 지정 팀인 것 같았다.

바로 옆 또다른 버스킹 존에서는 동그랗게 모인 사람들 사이로 요즈음 유행하는 K팝 음악들에 맞춰 여러 명이 함께 춤을 추고 있었다. 옛날에는, 아니 내가 버스킹을 하던 2010년 무렵에는 소규모 밴드나 혼자서 어쿠스틱 기타를 치며 노래를 부르는 사람이 많았는데, 지금은 K팝 춤을 비롯하여 밴드의 공연과 마술 등이 다양하게 펼쳐지고 있었다.

그렇게 몇 곳의 버스킹 존을 지나, '걷고 싶은 거리'를 걷다가 새마을식당 앞에서 잠시 멈췄다. 그곳에서는 어떤 학생이 기타 한 대로 버스킹을 하고 있었다. 관객이 열 명 정도 있었는데, 가까이 가서 보니 관객이라기보다는 계단에 앉아 있다가 공연을 잠깐잠깐 구경하는 사람들인 듯했다.

누군가 혼자서 기타를 치며 노래를 부르는 모습이 반가워 나도 계단에 앉아 관객인 듯 아닌 듯 공연을 봤다. 버스킹을 하는 뮤지션은 20대 초반의 남자였는데, 체형이 나랑 비슷해서 예전에 버스킹을 하던 내 모습이 떠오르기도 했다.

멘트를 꽤 잘해서 구경하던 사람들이 웃으며 재미있

어했다. 이것저것 준비해 온 것을 하려는 모습을 보니 나도 재밌었다. 요즈음 유행하는 아이돌 노래도 어쿠스틱 기타로 편곡해서 불렀는데, 많이 불러보지는 않은 듯 가사를 까먹기도 했다. 조금 서투르긴 했지만 열심히 해내려는 모습에 뭔가 더 짠한 감동이 있었다. 노래도 연주도 엄청나진 않았지만 자기 자신에게 집중하고 있는 그 모습도 잠시나마 내 감성을 채워주기에는 충분했다. 그때 내 주머니 속엔 만 원짜리 한 장밖에 없었다. 천 원짜리나 오천 원짜리가 있었으면 돈을 냈을 텐데, 하며 주머니 속 만 원짜리를 조몰락거렸다. 잠시 고민하다가 주머니에서 만 원을 꺼내 뮤지션 앞에 놓인 기타 케이스에 넣었다. 기타를 안고 있던 학생, 아니 뮤지션은 내 손의 초록색 지폐를 보고 놀란 듯 잠시 허리를 폈다가 내게 고맙다며 목례를 했다. 나도 가볍게 목례를 하고 산울림 소극장 쪽으로 다시 걸었다.

8번 마을버스를 타러 산울림 소극장 쪽 정류장으로 가는데 예전에 자주 공연했던 클럽이 보였다. 클럽 앞 안내판에 뮤지션 이름들이 적혀 있는 걸 보니 아직도 공연을 하는 거 같았다. '버스킹을 하던 친구는 나에게 만 원을 받았으니, 이 클럽에서 공연하는 뮤지션보다 더 벌었

네' 하며 웃었다.

예전에도 이곳을 걷다가 아내에게 "코로나로 상점들이 많이 비어 있던데 여긴 안 망했네"라고 말했던 적이 있다. 이런 말들을 할 때면, 난 언제부터 누군가를 이렇게 싫어하고 삐딱하게 세상을 보게 된 걸까 싶었다.

8번 마을버스를 타고 가다보니 라이브 클럽들이 있던 자리에 음악과는 전혀 관련 없는 매장들이 들어와 있었다. 갑자기 이 근방 내가 예전에 공연했던 카페가 생각나 버스에서 내려 그곳으로 가보았다. 공연을 하면 아메리카노 한 잔을 페이로 받았던 카페였는데, 멀리서 보니 아직 있어 반가운 마음에 달려갔다. 가까이 가보니 항상 카페 앞에 공연 정보를 적어놨던 안내판이 없었다. 이제는 이곳에서도 더이상 공연을 하지 않는 것 같았다. 어린 뮤지션들에겐 버스킹 말고도 여러 다양한 환경에서 해보는 공연 경험들이 너무나 중요한데, 공연을 할 수 있는 공간들은 점점 사라져가고 있었다. 오만 가지 감정이 들었다. 그나마 아까 그 클럽이라도 남아 있어 다행이라는 생각이 들었다.

나에게도 돈보다 공연을 할 수 있는 곳이 더 필요했던 시절이 있었다. 어디든 공연만 할 수 있게 해준다면 페이가 있든 없든 무조건 달려갔던 시절이 있었다. 공연을 하면 행복했고, 공연을 할 수 있는 장소를 제공해준 것만으로도 클럽 사장님, 카페 사장님께 감사했다.

그러다 나도 어른이 되었고, 돈이 중요해졌다. 공연을 하고 싶었지만, 공연보다 돈이 더 필요했다. 서태지의 〈F.M Business〉라는 곡의 가사처럼 음악과 돈의 중심에 항상 멍하니 서 있었다.

자신의 결혼식에 축가를 불러줬으면 하는 친구에게 결혼 축의금을 낼 돈이 없으니 축가로 대신하면 안 되겠냐고 물었지만, 결국 축가는 하지 않고 여기저기서 돈을 빌려 축의금을 냈다. 친구에게 서운하다기보다는 내 노래가 그 정도 값도 안 되는구나 싶었다.

공연비는 못 줄 거 같고, 차비로 20만 원 정도 줄 수 있다며 지방으로 공연을 좀 와달라고 부탁하는 분에게 "차비는 안 주셔도 되고, 공연비로 20만 원 주시는 걸로 해요"라고 말한 적이 있다. 잘 아는 분이었는데 20만 원을 공연비라고 하기가 미안하고 내게 실례가 될까봐 그렇게 이야기해주셨다는 걸 알았다. 그래도 나중에 뮤지션에게 공연을 부탁할 때는 아무리 적은 금액이라도 공연비를 알려달라고 말씀드렸다.

지금도 나와 내 친구들은 자신의 공연비로 얼마가 적당한지 분명하게 말하지 못한다. 공연비 이야기로 친구들과 통화를 하다가 자연스럽게 기타 레슨비 이야기로 넘어갈 때가 있는데, 우리는 레슨비 또한 얼마가 적당한지 확실하게 말을 못 한다. 레슨비는 지금이나 10년 전, 20년 전이나 똑같다며, 그래서 우리들이 하는 레슨의 질도 예전보다 나아지지 않는 거라고 이야기하기도 한다. 레슨의 질을 높이는 것이 먼저인지 레슨비를 올리는 게 먼저인지 논쟁을 벌이기도 한다.

예전의 버스킹과 지금의 버스킹은 무엇이 다를까? 요즈음 음악을 하는 친구들에게 버스킹이란 어떤 의미일까? 또 우리가 거리에서 보는 많은 버스킹은 그것을 하는 뮤지션이나 관객인 우리에게 어떤 감흥을 주고 있을까?

어린 뮤지션이라면 사람들이 자신의 공연을 보고 주머니 속 돈을 조몰락거릴 만한 버스킹을 준비해보기 바란다. 그리고 누구든 자신에게 감흥을 주는 버스킹 공연을 보게 된다면 자신이 그 공연 덕분에 느낀 행복감에 값하는 사례를 했으면 한다.

" 밥 잘 사주는 팬

"

밥도 먹지 못하고 쉬는 시간 없이 레슨을 하다 힘들어졌을 때쯤 석진 씨가 리치몬드 과자점 슈크림 빵을 사 왔다. 석진 씨는 내 공연도 자주 보러 와주고 내 음악을 좋아해준 나의 팬이었는데, 어느 날 기타를 배우겠다며 학원에 찾아와 나의 레슨생이 되었다.

그후로 어떤 땐 나의 팬 같기도 하고 어떤 땐 나의 레슨생 같기도 한 친구가 되었다. 석진 씨는 레슨 시간에 음악 이야기를 하는 걸 좋아했다. 그래서 레슨 시간의 절반은 서로 이야기를 나누는 데 쓰고 나머지 절반 동안 수업을 진행했다.

그때는 석진 씨가 내 팬이니까 기타를 배우는 것보다는 나랑 음악 이야기 하는 걸 더 좋아하는 거라고 생각했다. 하지만 지금 생각해보면 밥도 못 먹고 레슨을 하고 있는 내가 안쓰럽고 너무 지쳐 보여서 그랬던 게 아닌가 싶다.

석진 씨는 다음 시간 레슨생이 결석을 한 날에는 내게 밥을 사기도 했다. 그렇게 나에게 자주 밥을 샀다. "지금은 제가 돈을 더 잘 버니 제가 살게요"라고 하던 석진 씨의 말투가 지금도 생각난다. 보통 밥을 얻어먹으면 신경이 쓰이는데, 이상하게도 석진 씨한테는 밥을 얻어먹어도 부담스럽지 않았다.

"나중에 돈 많이 벌면 제가 계속 살게요!"라고 말하며 항상 맛있게 먹었다. 지금 생각해도 정말 세상 이런 팬이 없었다. 나라까지는 아니어도 내가 전생에 한 도시를 구했나 싶었다. 그만큼 석진 씨는 나에게 소중한, 하나밖에 없는 밥 잘 사주는 팬이었다.

그때 석진 씨가 사주었던 '따뜻한 밥'은 날 배부르게 했을뿐더러 내 마음까지도 따뜻하게 데워주었다. 몇몇 클럽 사장님들의 어이없는 클럽 운영 방식과 소모전 같은 공연에 지치고 지쳐 악에 받치던 내 마음이 석진 씨의 응원으로 치유되었던 거 같다. 석진 씨는 특정한 내 노래를 좋아하지는 않았지만, 내 노래를 이해해주었고 항상 귀기울여 들어주었다.

어느 날은 나에게 한번 사용해보라며 작은 똘똘이 앰프를 선물해주었다. 나는 지금도 그 앰프를 사용하고 있다. 똘똘이 앰프에 잭을 꽂고 연주를 할 때면 항상 석진 씨가 강제 소환된다. 그럴 때마다 석진 씨에게 무언가를 선물하고 싶다는 생각을 하게 되는데, 아직까지도 마음뿐이다. 요즈음 이 똘똘이 앰프에서 노이즈가 많이 나기 시작했다. 난 이 앰프를 고쳐서 사용할 생각이다. 그럼 누군가는 또 이렇게 이야기할 거 같다. "똑같은 걸 새로 사는 게 더 쌀 거예요."

오랫동안 탄 아반떼를 고칠 때면, 팔면 80~90만 원인데 이걸 200~300만 원 주고 고치는 게 이해가 안 된다는 말을 들었다. 모든 아반떼가 내 아반떼는 아니었다. 아내를 태우고 17년을 타고 다닌 추억의 차였다. 결국 2021년 12월, 아예 멈춰버려 그만 보내주었지만, 그 전까진 고칠 수 있을 때까지 고쳐가며 탔다. 내겐 이 앰프도 마찬가지다. 난 이 앰프를 고칠 수 있을 때까지 고쳐가며 사용할 거다. 자주 하는 농담이지만 "난 이것을 평생 사용할 거다".

석진 씨가 이 이야기를 읽거나 듣게 된다면, "뭐 그런 거에 의미를 둬요, 버려요"라고 말할 거 같다. 말투와

제스처가 예상이 된다. 석진 씨는 자신이 나에게 얼마나 큰 영향을 주었는지 상상하지 못할 것이다. 팬에게 받은 배려와 응원 덕분에 20대와 30대를 지나 40대가 된 지금도 나는 아름다운 기억들에 웃음 짓는다.

" 이제 나도 기타를 치면 손가락이 아프다

"

코로나 때문에 그나마 기타를 가르치며 돈을 벌었던 일들이 모두 중단되었다. 항상 그래왔듯 음악 말고 돈을 벌 수 있는 다른 아르바이트를 알아보았다. 아르바이트로 우선 이 시기를 버틸 수 있을 만큼 돈을 벌고, 생활이 나아지면 다시 기타를 치며 음악으로 돈을 벌 생각이었다. 하지만 금방 끝날 줄 알았던 코로나는 1년이 넘게 계속되었고, 난 더이상 코로나가 끝나기만 마냥 기다리고 있을 수 없었다. 사실 코로나가 끝난다 해도 음악으로 돈을 벌 수 있는 일은 기타 레슨 말고는 없었기에 고민 끝에 코로나를 기회로 생각하고 새로운 직업을 찾기로 했다. 어쩌면 직장을 다니며 음악을 하면 음악만으로 돈을 벌 때보다 음악을 더 사랑하고 기타도 더 재미있게 칠 수 있지 않을까 싶었다.

몇 주 후 난 직장을 구했다. 그곳에서 오랫동안 일하기 위해 필요한 자격증 공부도 병행했다. 한 달 동안은 수습 기간이라는 이유로 월급 없이 일을 했다. 다녀보니 그곳은 자격증이 없으면 어쩔 수 없이 불법으로 일을 할 수밖에 없는 시스템이었다. 사장님이 나에게 시키는 일은 모두 불법이었다. 사장님은 원래 이 일이 불법이 아니었는데 올해부터 법이 바뀌어 어쩔 수 없다고 했다. 그 이야기를 듣고 나도 어쩔 수 없다고 생각하며 열심히 다녀보려 했지만 채 두 달을 채우지 못하고 그만두었다. 솔직히 말하면 잘린 거나 다름없었다. 사장님이 시키는 일들을 조금이라도 불법이 되지 않는 선에서 해보려다 일머리가 없다며 몇 시간 동안, 며칠 동안 꾸중을 듣고 갈굼을 당했다. 군대 시절 이후로 가장 길게 당한 갈굼이었다.

모두 그렇게 산다는데, 모두 그렇게 한다는데, 난 아직도 어른이 되지 못했는지 찬밥 더운밥을 가릴 처지가 아니었는데도 불법으로 돈을 벌고 싶지는 않다며 나 혼자 착한 척을 했다. 직장을 그만두고 돌아오는 길, "그러니 지금도 알바나 전전하는 요 모양 요 꼴이지" 하며 자책했다.

예전에 나는 클럽 사장님에게 왜 뮤지션들에게 공연비를 주지 않느냐고 했다가 미운털이 박혀 그후로 공연을 별로 못 했다. 밥집에서 일했을 때는 사람은 하루에 두 끼만 먹으면 된다며 점심 주는 걸 아까워하는 사장님에게 아버지께 세 끼를 먹으라고 배웠다며 말대답을 했다가 또 미운털이 박혔다. 떡집 배달 알바를 했을 때는 몇 달 동안 잘해오다 근로 계약서를 쓰고 싶다고 말한 후 싸해진 분위기에 눈치가 보여 일을 그만두었다.

그렇게 하나하나 따질 거면 그런 캐릭터로 똑 부러지게 다른 것들을 잘했으면 좋았을 텐데 헛똑똑이처럼 머리를 사용하는 시험이란 시험은 다 떨어졌고, 몸을 사용하는 타일 자격증만 하나 땄다.

이번에도 1년 동안 정말 열심히 공부했는데 자격증 시험에 떨어졌다. 새로운 직장도 자격증 시험도 모두 잘 풀리지 않아 너무 답답한 마음에 옆에 있던 기타를 들고 노래를 불렀다. 그런데 코드를 잡고 있던 손가락이 아파서 연주를 멈췄다. 다시 코드를 살짝 잡고 연주를 하는데 손가락이 너무 아파서 또 멈출 수밖에 없었다. 말도 안 돼…… 기타까지…… 난 순간 완전한 멘붕을 경험했다.

자격증 공부를 하며 기타를 만지는 날이 자주에서

가끔으로, 가끔에서 아주 가끔으로 바뀌며 사라질 것 같지 않았던 나의 왼쪽 손가락 굳은살이 사라져버린 것이었다. 이제 나도 예전 나의 레슨생들처럼 기타를 치다 손가락이 아파서 기타를 내려놓았다. 손목을 흔들고 손을 털면서 손가락을 보니 기타 줄을 누른 검은색 자국이 선명하게 보였다. 기타 줄도 녹슬어 있었다.

사실 기타 줄이 녹슬었다는 것은 예전부터 알고 있었다. 기타 줄 교체는 그리 어려운 일이 아니었지만, 낙원상가에 갈 일이 생기면 살 거라며 갈아야지, 갈아야지 하면서도 녹슨 기타 줄을 교체하지 않고 있었다. 기타를 치며 아파하는 낯선 모습과 녹슨 기타 줄을 보니 지금의 내가 보였다.

삶에 지치고 무언가로 인해 불안해질 때면 항상 기타를 치며 나를 위로했는데, 굳은살이 사라지고 나니 기타를 연주하는 것이 나를 안정시켜주기는커녕 오히려 스트레스로 다가왔다.

사라진 굳은살은 내가 1년 동안 기타와, 또 음악과 얼마나 멀고 다른 길을 걸었는지를 알게 해주었다. 소중한 건 잃고 나서야 알게 된다는데, 아무렇지 않게 기타를 연주하던 예전의 나도 그러했다.

난 다시 돌아가고 싶었다. 기타와 다시 친해지고 싶었다. 인터넷으로 바로 기타 줄을 주문해 헌 줄을 교체했다. 프렛과 프렛 사이를 꼼꼼히 닦은 후 다시 Dr.Duck's 오일을 부드러운 천에 묻혀 기타 보디와 헤드머신까지 반짝반짝 빛나게 닦았다.

이제 남은 건 굳은살이었다. 굳은살을 만드는 건 나에게 어려운 일이 아니니까, 금방 기타와 다시 친해질 수 있다고 믿었다. 하지만 지금도 굳은살은 생겼다 말았다 하고 있다.

" 급매, 기타 팝니다

"

2022년 뮬 사이트 판매 게시판에는 '코로나로 지금 여력이 없어 아끼고 아끼던 기타 팝니다(급매)'라는 글들이 자주 올라왔다. 예전에 나도 갑자기 돈이 필요해서 소중한 기타를 팔았던 적이 있기에 그런 글들을 보면 남 일 같지 않았다.

설레는 마음으로 구매하고, 땀과 눈물을 흘려가며 몇 년을, 길게는 몇십 년을 동고동락한 기타를 몇십만 원, 몇백만 원 때문에 떠나보내야 할 때의 그 기분은 당사자 말고는 아무도 모를 것이다. 코로나로 사람과 사람이 거리를 두어야 하는 시기에 애지중지 아끼던 기타까지 팔아야 하는 사정을 생각하니 더 안타까운 마음이 들었다. 하지만 얼마 지나지 않아 나도 'H9 맥스, 코어, 미션 엔지니어링 페달 일괄 판매합니다(급급매)'라는 이펙터 판매 글을 올렸다. 그리고 며칠 뒤에 앰프 판매 글을 하나 더 올렸다. 며칠 전 이펙터를 떠나보냈고, 오늘은 앰프를 떠나보냈다. 내일 이펙터 판매 글을 하나 더 올릴 생각이다. 그러면 얼추 다음달 카드 값을 맞출 수 있다. 아끼던 악기들을 파는 것 말고는 돈을 구할 수 있는 방법이 없을 때의 그 감정을 더이상 느끼고 싶지 않았지만, 오늘 또 느끼고 말았다.

새벽 기타

조용한 새벽이면 이상하게 기타를 더 치고 싶다. 술, 치맥, 라면보다 어쿠스틱 기타 소리가 더 당긴다. 20대 때는 새벽녘 집 앞 홍대 놀이터에 나가 기타를 쳤다. 홍대 놀이터에 술 취한 사람이 많을 때는 홍대입구역과 가까운 곳에 있던 나만의 아지트에서 기타를 쳤다. 30대 때는 결혼 후 전셋집에 방 하나를 연습실로 만들어 새벽에 기타를 쳤다. 아랫집에 고3 수험생이 있던 1년 동안은 스쿠터를 타고 홍대 쪽으로 나가 새벽에 기타를 쳤다. 전세 계약이 끝나고 홍대에서 구로로 이사를 오면서 난 '새벽 기타'를 끊었다.

요즈음 다시 '새벽 기타'를 치고 있다. 내일 일찍 일어나야 하는데, 하면서도 10분만, 30분만 치고 오자 말하며 늦은 밤 새벽 주차장으로 나간다. 자동차 트렁크를 열고 기타 케이스에서 기타를 꺼내 옆 차에 부딪치지 않도록 왼쪽 뒷좌석 문을 살짝 열고 조심히 기타를 넣는다. 기타 헤드까지 무사히 들어가면 문을 닫는다. 그리고 반대편으로 돌아가 오른쪽 문을 살짝 열고 문콕 하지 않게 조심조심, 기타를 깔고 앉지 않게 조심히 차 안으로 들어간다. 자동차 뒷좌석에 앉아 기타를 안고 연주 자세를 잡는다. 그리고 기타를 친다.

이제는 여기가 무엇을 하기 위해 만들어진 곳인지, 이 장소에서 내가 할 수 있는 행동과 하면 안 되는 행동이 무엇인지 잘 아는 어른이다. 춤을 추고 싶다고, 기타를 연주하고 싶다고 아무때나, 어느 곳에서나 마음 내키는 대로 해서는 안 된다는 걸 안다. '마흔 살 아저씨가 무언가를 너무 하고 싶었구나' 하며 웃어주는 주변의 자비도 더이상 없다.

만약 주차장에서 밤에 기타 소리가 난다며 민원이라도 들어가면 '새벽 기타'도 끝이다. 자동차 안의 '새벽 기타'마저 사라져버리면 더는 새벽에 기타를 치러 갈 곳이 없다. 나는 낮에 일부러 사람들의 통행이 제일 뜸한 구석진 자리에 차를 주차해놓는다. 그리고 자동차 밖에서는 잘 들리지 않을 정도로 기타 볼륨을 유지하며 새벽에 기타를 친다.

밖에 사람들이 지나가는 소리가 나면 연주하던 곡은 페이드아웃 된다. 사람들 발소리가 들리지 않으면 연주하던 곡이 다시 페이드인 되면서 기타 소리가 점점 커진다. 이렇게 하다보니 연주하는 곡이 완전히 다른 곡처럼 들릴 때도 있다. 소리를 줄이다 틀리지 않았던 부분의 연주도 틀려버리고, 사람들 소리에 연주를 멈춰버리고, 집중력이 깨질 때도 많다. 사람들이 오나 안 오나 자꾸 신경이 쓰일 때는 채 10분도 연주하지 못하고 트렁크에 다시 기타를 넣고는 집으로 돌아오기도 한다. 그래도 어쩌다 찾아오는 '새벽 기타'의 달콤함에 나는 다시 주차장으로 나오고 자동차 안에서라도 기타를 친다.

"

영화 보고 노래 만들기

99

좋아하는 영화를 노래로 만들 때가 있다. 감독이든 주인공이든 조연이든 내가 되고 싶은 사람이 되어 그의 시점에서 내면을 상상하며 곡을 써본다. 예를 들면 미셸 공드리 감독의 〈수면의 과학〉 같은 경우에는 현실과 꿈을 구별 못 하는 남자 주인공 스테판이 되어 스테파니에게 느끼는 알 수 없는 감정을 담아 노래를 만들었다.

'좋아하는 영화를 노래로 만들기'에는 어떤 형식도 규칙도 존재하지 않지만 두 가지만은 지키려고 노력했다. 첫째, 노래를 들으면 정확히 그 영화가 생각나도록하자. 둘째, 가벼운 마음으로 만들지언정 대충 만들지는 말자.

음원이나 음반으로 발매하려는 마음 없이 가볍게 곡을 만들다보니 '창작의 고통'보다 '상상의 고통'이 더 컸다. 지나치게 마음껏 상상하다보니 나중에는 내용이 영화와 아예 다르게 안드로메다로 가버릴 때도 있었다. 선을 넘지 않는 상상력이 필요했다. 나는 내 마음대로 두 가지 규칙을 만들고 그것을 지키려 했다.

일단 가사를 썼다. 노래를 듣자마자 바로 〈수면의 과학〉이라는 걸 알 수 있게 "현실과 꿈을 구별 못 하는"이라는 가사를 첫번째로 사용했다. 그리고 스테판의 성격이 잘 드러나는 "근데 조의 전화번호 좀 알려줄래"라는 대사와 "70살이 되면 나와 결혼해줘 그럼 넌 손해 보는 게 없는 거잖아"라는 대사도 사용하려고 노트에 적어놨다.

"근데 조의 전화번호 좀 알려줄래"를 곡의 결정적인 부분에, "70살이 되면 나와 결혼해줘 그럼 넌 손해 보는 게 없는 거잖아"를 곡의 마지막에 넣고 싶었다. 영화의 대사를 사용해서 곡을 쓴 것은 〈수면의 과학〉이 처음이었는데, 이런 방식으로 가사 작업을 하다보니 자연스럽게 영화의 스토리 흐름대로 가사가 완성되었다. 덕분에 내 첫번째 규칙이 손쉽게 지켜졌다.

현실과 꿈을 구별 못 하는 난 피아노를 치며 발명가

를 꿈꾸네

1초의 타임머신을 만들던 난 담을 넘어 너의 말을 살리네

날 좋아하는 여자와는 한 번도 잘된 적이 없으니까 날 좋아할까?

나와 조금만 더 이야기해줘 제발… 초원 위에 골든 포니 보이가 달리고 있어 스테파니 널 사랑해

스테파니 널 사랑해 나와 결혼해줘~ 근데 조의 전화번호 좀 알려줄래……

70살이 되면 나와 결혼해줘 그럼 넌 손해보는 게 없는 거잖아

그리고 두번째로 코드와 송폼(곡의 구성)을 만들었다.

(A, A' 부분의 코드 만들기)

처음 코드부터 마지막 코드까지 곡이 계속 연결되는 느낌으로 만들고 싶어 'CM-(C#dim)-Dm-(D#dim)-Em'와 같은 식으로 코드와 코드 사이에 디미니시 코드를 넣었다. 그렇게 베이스가 순차적으로 하나씩 올라가

도록 만들었다.

(B 부분의 코드 만들기)

'근데 조의 전화번호 좀 알려줄래…' 부분은 A, A'와
도 분위기가 연결되게 하면서 스테판의 알 수 없는 감
정을 최고조로 만들고 싶었다. 그래서 첫번째 코드보다
4도 높은 FM7에서 다시 A, A'의 코드 패턴처럼 코드와
코드 사이에 디미니시를 넣어 베이스가 순차적으로 하
나씩 올라가도록 만들었다.

(OUTRO 만들기)

'70살이 되면 나와 결혼해줘 그럼 넌 손해보는 게 없
는 거잖아' 부분에서는 A 부분과 같은 코드를 사용해서
다시 꿈인 것처럼, 또는 다시 현실인 것처럼 스테판이 현
실과 꿈을 구별 못 하도록 만들었다.

A, A', B, OUTRO로 송폼을 만들었다.

A

현실과 꿈을 구별 못 하는 난 피아노를 치며 발명가

를 꿈꾸네

1초의 타임머신을 만들던 난 담을 넘어 너의 말을 살리네

A'

날 좋아하는 여자와는 한 번도 잘된 적이 없으니까 날 좋아할까?

나와 조금만 더 이야기해줘 제발… 초원 위에 골든 포니 보이가 달리고 있어 스테파니 널 사랑해

B

스테파니 널 사랑해 나와 결혼해줘~ 근데 조의 전화번호 좀 알려줄래…

OUTRO

70살이 되면 나와 결혼해줘 그럼 넌 손해보는 게 없는 거잖아

곡을 완성하고 나서 기타를 치며 불러보니 꿈과 현실, 직장과 사랑, 불안하기만 한 스테판이 걷는 길이 디

미니시 코드 사운드로 잘 표현된 거 같아 기분이 좋았다.

며칠 전 아내와 전주국제영화제에서 길리스 매키넌 감독의 〈마지막 여행THE LAST BUS〉이라는 영화를 보았다. 이번에는 주인공 톰의 아내 메리가 되어 곡을 써보고 싶었다. 중간중간 톰과 메리가 같이 있던 장면들이 나올 때 메리의 입장에서 톰과 함께한 시간들이 너무 행복했고 많이 고마웠다는 내용의 곡을 써보고 싶다는 생각을 했다. 영화 〈스틸 앨리스〉는 주인공의 입장에서 곡을 써보다가 내가 생각했던 것보다 너무 슬퍼 아직도 완성하지 못하고 있다. 감독의 입장으로 다시 써볼까 고민중이다.

반려동물에게 곡 써주기

기타로 곡을 쓰면서부터 글을 끄적거리는 시간이 늘었다. 글을 끄적이다 새로운 문장이나 마음에 드는 글귀가 나오면 기타를 치면서 멜로디를 흥얼거린다. 그 문장이나 글귀에 어울릴 만한 코드를 찾아보기도 하고, 작곡한 멜로디에 그것들을 넣어보기도 한다. 멜로디와 가사가 딱 맞아떨어지거나 전율이 오는 부분이 있으면, 주먹을 꽉 쥐며 속으로 "나이스"를 외친다.

어릴 적부터 보물섬 만화, 영화를 보며 보물을 찾아 떠나는 주인공이 되고 싶었다. 아니 해적이 되고 싶었다. 어떤 날에는 주인공이, 어떤 날에는 해적이 되고 싶었다. 주인공이든 해적이든 중요한 건 보물을 찾아 떠나는 여행이라는 점이었다. 그런 나에게 작사, 작곡은 현실판 보물섬 같았다.

좋은 멜로디나 나만의 좋은 글을 찾으면 정말 보물섬에서 보물을 찾은 것 같았다. 나도 〈보물섬〉의 주인공 보비 드리스콜처럼 나의 작사 노트를 지도 삼아 기타를 메고 아름다운 멜로디를 찾아 항해를 떠난다.

어릴 적 어디론가 바쁘게 움직이는 개미들이 너무 신기해 개미들을 쫓아다니며 하루종일 시간을 보낸 적이 있다. 먹고 있던 과자와 아이스크림을 뿌려주며, 여러 마리의 개미들이 함께 큰 과자를 옮기는 모습을 관찰하고, 개미들을 한참 쫓아 개미집을 찾기도 했다.

어릴 적 뒷산의 아카시아꽃 향기를 맡으며 개미집을 찾던 그때처럼 요즈음은 10년째 키우고 있는 거북이 '한산도(서든 페인티드)'와 '희망이(아프리카 사이드 넥)'를 다큐멘터리 영화라도 찍듯 관찰하며 시간을 보낸다.

한산도가 희망이에게 자신의 두 앞다리를 뻗고 빠르게 떨며 구애(?)를 한다. 희망이는 한산도가 앞다리를 뻗고 떠는 모습을 멀뚱멀뚱 쳐다본다. 한산도는 계속해서 앞다리를 흔든다. 옆에서 기타를 연주하고 있던 나는 장난삼아 한산도가 앞다리를 떠는 것처럼 비브라토를 해본다.

몇십 번을 반복해도 희망이가 반응이 없자 한산도는

포기하고 지상으로 올라가 스팟 앰프에 일광욕을 한다. 기타를 놓고 한산도와 희망이에게 밥을 주려고 하니 한산도가 나를 째려본다. 나를 째려보던 한산도는 물속으로 다이빙해 어항 속에서 정신없이 헤엄친다. 희망이에게 퇴짜 맞은 걸 나에게 들켜서 그런가? 한산도가 처량하면서도 귀여웠다. 한산도를 위해 희망이에게 불러줄 곡을 쓰려고 작사 노트를 꺼냈다. 한산도의 앞다리 흔들기 비브라토를 넣은 곡을 만들어봐야겠다.

"기타 이름이 뭐예요?"

선생님: 기타 이름이 뭐예요?

학생: 네? 기타 이름이요?

선생님: 네. 기타에 이름을 지어주면 자신과 기타 사이에 각별한 의미가 생기고 기타가 소중해지거든요.

학생: 기타 이름이 없어도 오래 사용하다보면 소중해지지 않을까요?

며칠 전에 나에게 기타를 배웠던 학생 네 명과 밥을 먹었다. 몇 달 전에도 예전 레슨생들과 밥을 먹는 자리가 있었는데, 그때는 굳이 내가 먼저 기타 이야기를 하지 않았다. 하지만 이번에는 학생들이 아직 기타를 연주하고 있는지 궁금해 일부러 내가 먼저 기타 이야기를 꺼냈다. 계속 기타를 연주하고 있느냐고 물으니 한 명을 빼고는 하지 않는다고 말했다. 일이 바빠서, 어려워서, 연습할 장소가 없어서…… 역시나 내가 예상했던 이유 때문이었다. 한 학생에게 재밌는 이야기를 들었다. 어느 날 직장 동료가 요즘은 기타를 치지 않느냐고 물었다고 한다. 치지 않는다고 말하니 그럼 기타를 자신에게 팔라 했다고 한다. 별로 비싸지 않은, 금방 살 수 있는 기타인데도 자신은 그 기타를 팔지 않았다는 것이었다. 예전에 나와 했던 자작곡 수업 때문에 그랬다는 것이었다. 정확히 말하면 그때 그 수업에서 자신의 기타로 만든 자작곡 때문이라는 것이었다. 난 그 말을 단번에 알아들을 수 있었다. 자신에게 의미가 생겨버린 기타는 희소하든 흔하든, 비싸든 싸든 상관없이 자신의 소중한 보물이 된다.

첫 레슨이 끝난 후 내가 학생들에게 하는 공식 질문이 있다. "기타 이름이 뭐예요?" 질문을 받은 학생들의 반응은 다양하다. 자신의 기타엔 벌써 있다며 이름을 말하며 신나하는 학생도 있고, "네? 이름이요?"라고 되물으며 무슨 말을 하는 건지 몰라 머리를 갸우뚱하는 학생도 있다. "다음주까지 자신의 기타에 이름을 지어오는 게 숙제입니다"라고 말하면 '저는 기타를 당신보다 잘 치지 못할 뿐 어린애가 아닙니다'라고 말하듯 선생님을 잘못 만난 것 같다는 표정을 짓기도 한다.

기타 케이스에서 기타를 꺼내는 일처럼 기타에 이름을 지어주는 일은 어떻게 보면 쉽지만, 그리 쉽지만은 않은 일이다. 몇 초 만에 짓는 사람이 있는가 하면, 몇 날 며칠을 고민하다 나에게 지어줄 수 있냐며 부탁하는 학생들도 있었다. 열 살 꼬마든, 스무 살 대학생이든, 예순 살 어르신이든 상관없이 무언가를 창작하는 것에 대해서는 두려워하고 어려워했다.

그럼 난 기타 이름을 같이 지어주기도 한다. 자신이 좋아하는 게 뭔지, 기타를 배워서 무엇을 하고 싶은지, 혹시 기타와 관련한 에피소드가 있는지, 기타를 선택한 이유가 무엇이었는지 학생에게 물으며 어떤 이름이 좋을지 같이 고민한다. "이 이름은 어떨까요?" 하고 서로 묻고 답하다보면 학생이 마음에 들어하는 이름을 지을 수 있었다. 어떤 학생은 내 덕분에 괜찮은 기타 이름을 지었다며 어느 날 나에게 작명값이라고 와인을 선물하기도 했다.

난 의사 선생님이 처방전을 써주듯이 "이제 기타 이름을 지어줬으니 자주 불러주고 자주 만져주세요", "이제 남들이 자신의 기타를 막 다루려고 할 때 기타 이름을 부르며 조심해달라는 말이 바로 나올 겁니다" 하고 말한다.

나의 첫 기타 이름은 갤럭시안이다. 갤럭시안은 내가 지어준 그 이름처럼 연주할 때마다 나를 갤럭시 안드로메다로 데려다주었다. 난 시간이 날 때마다 갤럭시안을 연주해주고, 프렛과 프렛 사이를 닦아주고 기름칠을 해주며 소중히 아꼈다.

예전에 갑자기 돈이 필요했는데 어디에서도 구할 곳이 없어 갤럭시안을 중고 장터에 올렸던 적이 있다. 기타를 사겠다는 문자를 받자마자 바로 정신이 들었다. 급한 돈이 해결되어 안 팔기로 했다고 죄송하다며 글을 바로 내리겠다고 문자를 보냈다.

나의 20대와 30대 때의 고민을 들어주고 나를 치료해주었던 주치의 겸 친구 갤럭시안은 어느 순간 그냥 악기가 아니라 나만의 친구, 나만의 보물이 되어 있었다. 각박한 세상에 지칠 때면 항상 나에게 위안을 주었던 갤럭시안의 소리를 다시는 들을 수 없다고 상상하니 순간 너무 아찔했다. 내 옆에 있는 갤럭시안을 보며 하마터면 돌이킬 수 없는 큰일을 벌일 뻔했다며 가슴을 쓸어내렸다.

"기타 이름이 없어도 오래 사용하다보면 소중해지지 않을까요?"라고 물으며 자신은 기타 이름은 짓지 않겠다고 했던 학생에게도 추천할 수 있는 좋은 답을 찾았다. 기타 이름을 짓는 것이 유치하다면 그 기타로 자신의 이야기를 담은 곡을 만들어보자. 작곡이 어렵다면 원래 있는 곡에 자신의 이야기로 개사를 해봐도 괜찮다.

어떤 방법으로든 서로에게 의미가 생기는 일들을 만들어보자. 오랜만에 만나도 어색하지 않은 친구처럼 세상 둘도 없는 친구가 될 수 있다.

지금 또는 나중에 '방구석에서 먼지만 쌓이고 있는 기타'라 할지라도 다시금 그 기타와 여행을 떠날 수 있게 될 것이다. 몇 년 동안 기타를 치지 못하고 있다는 그 학생도 바쁜 일들이 다 지나가 다시금 기타와 함께 새로운 여행을 떠날 수 있길 바라본다.

배달 일을 할 때면 거칠고 무거운 물건을 다루다보니 오른쪽 손톱이 자주 깨졌다. 난 손톱을 길러서 기타를 연주할 때의 톤을 좋아하는데, 그 음색에 대한 미련 때문인지 일을 나가기 전에는 손톱을 바짝 깎을지 말지 항상 고민했다. 일을 하다가 손톱이 깨지고 나서야 깎고 나오지 않은 걸 후회하며 손톱깎이로 이전보다 더 짧게 깎았다.

　어제 오랜만에 가구 배달을 했다. 난 아무 고민 없이 오른쪽 손톱을 바짝 깎았다. 손톱을 다 깎고 배달을 하다가 문득 내 행동에 놀랐다. 이제 진짜 미련을 많이 내려놓았구나 싶었다. 손톱을 짧게 자르니 배달을 할 때 편안했다. 집에 돌아와 책을 쓰며 타이핑을 할 때도, 설거지를 하려고 고무장갑을 낄 때도, 빨래를 털어 건조대에 널때도 예전보다 수월했다.

이 책을 쓰면서 날마다 조금씩 기타를 치며 무탈하게 살면 좋겠다는 나의 생각이 많이 정리된 것 같다. 그리고 내가 쓴 글을 읽으며 미처 인지하지 못했던 나 자신에 대해서도 많이 알게 되었다. 음악에 대한 사랑도, 기타에 대한 사랑도, 또 내가 사랑하는 것들에 대한 사랑도 반드시 크고 많아야만 좋은 건 아니었다.

사실 오늘은 책의 에필로그를 쓰러 홍대로 나가려던 날이다. 내가 뮤지션의 꿈을 꾸고 처음으로 기타 선생이 된 곳, 그 옥탑방과 학원 사이에 있는 카페에서 에필로그를 쓰려고 몇 주 전부터 계획했다. 하지만 난 지금 집에서 빨래를 돌려놓고 에필로그를 쓰고 있다. 어제 일하고 돌아와 너무 피곤해 바로 잠이 들어버렸는데, 집이 엉망이다. 설거지도 해야 하고, 빨래도 개서 서랍에 넣어놔야 하고, 밀린 빨래도 해야 한다(해가 뜰 때 널어놔야 냄새가 나지 않고 잘 마르기 때문에 지금 꼭 해야 한다).

오늘 나의 선택은 성공인 것 같다. 햇볕에 잘 마르는 빨래를 보며 에필로그를 쓰니 기분이 너무 좋다. 글도 술술 잘 써진다. 몇 달 전 여행지에서 여든 살이 훌쩍 넘은 어르신과 이야기를 나눌 기회가 있었다. 예전에 한 번 뵌 적도 없는 사이였지만, 난 그동안 책을 쓰며 생각난, 내가 이루지 못한 것들에 대해 이야기했다. 지금 생각해보면 왜 처음 만난 사람에게 나의 지극히 개인적인 이야기를 했는지, 그리고 그분은 왜 내 이야기를 찬찬히 들어주었는지 모르겠다.

내 실패담을 듣던 어르신은 내가 이곳으로 여행을 온 것도, 결혼을 한 것도 다 성공이며 우리는 하루 동안에도 너무나 많은 것들을 성공시키고 있다는 말씀을 해주셨다. 예전에도 어디선가 들었던, 좋은 게 좋은 거라는 이야기 같았지만, 이상하게도 그날은 귀에 쏙쏙 들어왔고 마음으로 고스란히 전해졌다. 좋은 게 좋은 거라는 이야기는 내 마음을 모르고 하는 이야기 같고, 답정너 같아서 흘려들었는데, 어르신이 말씀해주시는 태도 덕분인지 아니면 어르신의 목소리나 사용하시는 단어 덕분인지 그날은 그 이야기에 고개를 끄덕였다.

여행을 마치고 집으로 돌아와 항상 하던 설거지를 할 때도, 빨래를 냄새나지 않게 잘 말릴 때도, 재밌는 이야기로 아내를 웃게 할 때도 어르신의 그 이야기가 생각났다. 어르신의 말씀처럼 오늘도 난 많은 것들을 성공시키고 있었다.

오랜만에 한잔하자며 연락을 한 친구에게 책을 써야

해서 못 나간다고 말하니, 친구는 몇 년 전에도 책 쓴다고 하지 않았냐며 아직도 쓰냐고 물었다. 그땐 기타 교본이었는데 준비하다가 결국 못 내게 되었고, 지금 쓰고 있는 것은 에세이라고 말했다. 전화를 끊고 나는 과연 이 책은 낼 수 있을까 생각했다.

근데 한 문장 한 문장이 모여 한 문단이 만들어지고, 한 문단 한 문단이 모여 하나의 이야기가 완성되었다. 그리고 난 오늘 에필로그를 쓰고 있다.

글을 쓰다보니 예전에 실패했다고 생각했던 것들 속에도 보이지 않는 여러 가지 성공이 있었음을 알게 되었다. 댄서가 되고 싶었던 나였기에 음악가가 될 수 있었고, 음악가가 되고 싶었던 나였기에 음악 선생님이 될 수 있었고, 음악 선생님이 되고 싶었던 나였기에 『날마다, 기타』라는 에세이를 쓰며 나라는 사람을 조금이나마 더 알게 되었다.

책을 내자는 제안을 받은 것도 예전 내 클럽 공연 덕분이다. 출판사 대표님이 내 공연을 보고 좋아해주셨고, 출판사에서 나온 책들을 협찬하며 응원해주셨다. 그래서 공연 때 관객들에게 협찬을 받은 책들을 선물하기도 했다. 그때 그 '성공적인 공연' 덕분에 나를 좋게 봐주셨던 출판사 대표님의 제안을 받고 『날마다, 기타』라는 에세이를 쓰는 일에 도전할 수 있게 되었다. 글을 쓰다가 작가가 되고 싶다는 생각을 잠시 했다.

날마다, 기타

딩가딩가 기타 치며 인생을 건너는 법

ⓒ 김철연 2023

초판 1쇄 인쇄 2023년 1월 25일
초판 1쇄 발행 2023년 2월 3일

지은이 김철연

편집 이희연 정소리
디자인 윤종윤 이주영 | 저작권 박지영 형소진 이영은
마케팅 배희주 김선진 | 브랜딩 함유지 함근아 김희숙 고보미 박민재 정승민
제작 강신은 김동욱 임현식 | 제작처 천광인쇄사

펴낸곳 (주)교유당 | 펴낸이 신정민
출판등록 2019년 5월 24일 제406-2019-000052호

주소 10881 경기도 파주시 회동길 210
전화 031.955.8891(마케팅) | 031.955.2692(편집) | 031.955.8855(팩스)
전자우편 gyoyudang@munhak.com

인스타그램 @thinkgoods | 트위터 @thinkgoods | 페이스북 @thinkgoods

ISBN 979-11-92247-99-1 03810